时间的片段

艾心 著

北京日报出版社

图书在版编目（CIP）数据

时间的片段 / 艾心著 . -- 北京 ：北京日报出版社，
2020.5
ISBN 978-7-5477-3608-1

Ⅰ . ①时… Ⅱ . ①艾… Ⅲ . ①随笔－作品集－中国－
当代 Ⅳ . ① I267.1

中国版本图书馆 CIP 数据核字 (2020) 第 043881 号

时间的片段

出版发行：北京日报出版社
地　　址：北京市东城区东单三条 8-16 号东方广场东配楼四层
邮　　编：100005
电　　话：发行部：（010）65255876
　　　　　　总编室：（010）65252135
印　　刷：武汉市卓源印务有限公司
经　　销：各地新华书店
版　　次：2020 年 5 月第 1 版
　　　　　　2020 年 5 月第 1 次印刷
开　　本：880 毫米 ×1230 毫米　　1/32
印　　张：7
字　　数：100 千字
定　　价：58.00 元

前 言

　　这本书，是继我的第一本书《随笔录》之后的第二本心血之作。与《随笔录》相比，本书的篇幅较长，着重了细节描写，有的观点是我首次以文字形式提出并表达。我力求观点表达一致，逻辑推理不出现自相矛盾。但是，人是一直在成长的，事物也是变化和发展的，人对自身和对世界的认识，在不断地调整和变化中才能逐渐深入。在对人生意义的不断追问和探索中，有些疑问、徘徊、否定、肯定，都需要进行反复的探讨。从乐观到失望，再到开悟后的乐观，这就是一个人成长的过程。

艾心

目 录

思绪的片段

时间的片段

白日做梦

我这个人有个习惯，总是喜欢白日做梦。

据说自从我降生，就很少哭闹，吃饱了就长时间地睡觉。可能是在母亲怀我的时候还没有睡够，所以初来人间就继续睡得天昏地暗，也可能是在做属于我自己的婴儿梦吧。

等我长到几岁了，也常常喜欢坐在那里发呆。为此，我没少被母亲呵斥，我的梦的世界被打扰了，我会感到不快乐，但是一有时间，我会继续发呆走神，继续我的梦的世界。

等我进入成年之后，无论我多忙多累，无论生活发生了多少变故，我还是照样一有机会就会胡思乱想，白日做梦。

我到底都做了什么梦呢？其实我的梦，就是

比现实生活好一点儿的生活愿望。

例如，在 20 世纪 60 年代，我喜欢过新年，因为过年的时候，父母不仅要给小孩子压岁钱，而且要买布给我们做新衣服，购置一些年货。那个时候，我们才能看见糖果和点心，还有父母精心烹制的鸡鸭鱼肉。在新年里，我们才能吃到白面馒头和大米饭。那是怎样一种美好和让人流口水的日子啊！在那个贫穷和物资匮乏的年代，在那个买东西都需要凭票的年代，在那个长年都吃粗粮的年代，过新年就是最美好的日子，令所有的孩子怀念和向往。

小孩子都有爱玩耍的天性。在单位大院里，我经常和邻家的孩子们捉迷藏、跳皮筋、跳格子、跳绳、扔布袋、玩"老鹰抓小鸡"，别提有多好玩儿啦！有的时候，孩子们玩着玩着就吵起来了。但是不出一刻钟，大家又和好了继续玩。孩子们爱玩这些游戏，因为太快乐了，心野也是正常的。如果正玩得欢的时候，被母亲叫回家做家务，可想而知，那可真叫"人在曹营心在汉"，怎能不遗憾？等到做完家务再出去，别人都散伙了，各回各家了。心里别提有多失落，只好盼着下一次谁再吹哨子集合。

在 20 世纪 70 年代，知识青年上山下乡已经到了后期，我成了"小三届"的一员。四年的知青经历里，我做过修路工、磨坊工、建筑工、伐木工、泥瓦工、缝纫工，打过草，种过菜。肩膀和双手都布满了老茧，我却偏偏喜欢上了小提琴！沉重的体力劳动和优雅的小提琴，这是多么不切实际的白日梦啊。可无论多苦多累，每晚收工后，我都坚持练琴半个小时。吱吱呀呀的琴声太难听了，我害怕影响别人，就到远离人群的地方去练习。我对着马圈、对着牛棚、对着野地、对着苍天、自顾自地拉呀拉。每天的劳作是一种责任，每天的练琴时间则使我感到快乐、满足和充实。练习小提琴，让我忘记了劳苦，忘记了环境，活在了自己对理想追求的梦中。

假 期

假期来了，赶紧享受休闲的生活：吃喝玩乐，样样开心。

听音乐、看电影、晒太阳、购物，爬山、看海、游泳、戏水，看亲人、会朋友、下饭馆。

不想出门就待在家里，伸懒腰、睡懒觉，不洗脸、不梳头，坐在家里发呆，多舒服，多惬意，你想怎样就怎样，疯狂几天也无妨。还可以做针线活、裁剪衣服、打扫卫生，想做什么就去做什么。

人生实在不容易，想得太多累得慌。最后什么都是空，不如现在就想通。

放假了，悠闲了，放松了，快乐吧！活在当下，今天最好。

　　当然了，假期结束了，把心收回来，该干啥干啥。明天继续好好工作，好好生活，等待下一个假期。

杂 家

　　杂家，就是什么都学、什么都做、不专一门的人。有的人因为博学多才，爱好广泛而成为一个杂家，有的人则是为现实所迫，不得不成为一个杂家。

　　我就是一个杂家。

　　我少年时，"文化大革命"还没有结束，响应 "上山下乡"的号召，我也成为其中的一员。我的第一份工作是修路。那个年代，我们这些少年用肩膀挑土挑沙，硬是把高高的路基用肩膀垫了出来，在原始森林里三个月筑成了一条公路，那是何等的自豪！

　　第二份工作是给泥瓦匠做小工，就是跟着师

傅挨家挨户修火墙、修火炕、修烟囱。小工，就是用手推车拉砖、拉水泥、拉沙子。然后把沙子和水泥按比例和好，用桶装好并提到师傅面前，再把砖递给师傅，师傅只管砌墙。那时，我们崇拜师傅，因为他能把墙砌得又平又直。

第三份工作是缝纫，比起重体力的劳动，这真的是个好工作。我的工种是专门锁扣眼儿，那个年代没有锁扣眼儿的机器，我们都是用手针一针一线地锁。那时，我们特别尊敬裁缝师傅，觉得她们只要使用粉笔、尺子、剪刀就能剪裁出各式的服装。

第四份工作是在建筑工地做杂工，拉沙、拉泥、拉砖，然后挑一担上跳板，递给师傅，再由师傅砌房子。当时的师傅在我们看来简直就是英雄，因为他能砌高楼！

第五份工作是漆油漆，每天拎着油漆桶，刷铁栅栏、刷木栅栏、刷窗框、刷门。

第六份工作是打草，这是个重体力活，需要

每天抡着大扇刀,在一望无际的草原上,把草一排一排地割倒。晚上收工回来,还要轧刀。那个时候,我们都十分敬佩农民师傅,这项技术就是他们教给我们的。

第七份工作是做磨坊工,把麦子磨成面粉。我每天穿好工作服,戴好帽子和口罩,不断地把麦子倒进机器的漏斗里,看着麦粒是如何变成麦麸和白面的。

第八份工作是在幼儿园做老师。我特别喜欢这份工作,因为可以教孩子们识字、唱歌、跳舞、讲故事、做游戏,和孩子们在一起。

第九份工作是在农场做工,种菜、施肥、除草、打农药、秋收、赶着毛驴车上大街卖菜。在那里,我学会了理解动物的语言,学会了吆喝,学会了做买卖。

第十份工作是我考进文工团以后,在乐队拉小提琴。当时我特别崇拜我的老师,把老师当作我奋斗的榜样。

第十一份工作是我从艺术学院毕业以后，在艺术职高任教。在那里，我努力地成为一名称职的老师。

第十二份工作是我调进省歌舞剧院后，在舞蹈队担任钢琴伴奏，我在这个岗位上一直工作到退休。

杂吧？杂；累吗？累；苦吗？不苦；烦吗？不烦；抱怨吗？从不。因为我吃苦耐劳，我独立、勇敢和坚强，所以我接受命运给我的一切安排，我干一行爱一行。

果子掉落在地上

又到了一年摘果子的季节。

如果你不是对果树成熟的季节很了解的话，注意看超市就行了。在法国，每年的六月是樱桃成熟的季节，农场果园里的樱桃树结满了已经成熟的樱桃果。果农们正忙着采摘，然后整箱整箱地运往超市和大小市场。

在私人的花园里，也有很多人家种有樱桃树。一棵樱桃树就能产出上百斤的果子，自家吃不完就会送给亲戚朋友们。有的园子里的果树树枝伸到了园子的外面，如有路过的人采摘几个果子吃，主人即使看见了也会善意地假装没看见，给你摘果的乐趣。

　　还有一些樱桃树、黄香李树、黑莓树、苹果树长在路边，它们长在乡下和荒野。它们不属于任何人，完全是野生的。随着季节的变化，这些果树的果子也都相继地成熟了，每棵果树都果实累累，挂满枝头。

　　每当我们在乡野散步，总会遇到一些果树，忍不住就会采摘一些，放心地大吃起来。这些果子自然生长，没有施过化肥和农药，个头大小不一，有的果子还有疤痕和虫咬的痕迹，但是这才是真正的有机水果啊！

　　这些野地里的果树，春去秋来，花开又花落。果子成熟了没有人采摘，任由风吹日晒，虫食鸟啄，最后掉落在地上。不出几天，掉落在地上的果子开始腐烂，化作养料渗入泥土中，回归了养育它们的大地。自生自灭，周而复始。

贡布雷的小旅馆

夏季的一天，我们终于来到了贡布雷，一个距离巴黎 100 多千米的美丽小镇。它的全称是 ILLIERS-COMBRAY 伊里耶—贡布雷。

我们如此热切地想看看这个小镇，是因为 18 世纪法国著名作家马塞尔·普鲁斯特在他的名著《追忆似水年华》中有大量关于贡布雷的描写：雷欧妮姑妈家的房子和小花园、蘸着茶水吃的马德兰小蛋糕、建于 13 世纪的教堂、镇中心的小广场、美丽的公园、斯万先生……

早上出发的时候，天是阴的，但是没有下雨，当我们的车行驶到半路的时候，开始逐渐放晴。天空越来越蓝，金色的阳光普照大地。灿烂的阳光下，广袤的田野、大片的森林和河流从车窗外掠过。

车子一路前行，偶尔经过一个美丽的小镇或者村庄，我们就会停下来，洗洗手拍拍照，吃点儿东西，稍作休息后再继续赶路。

接近中午的时候，我们到达了贡布雷的小旅馆，店主人罗杭斯已经在门口迎接我们了。相互问候之后，她打开了旅馆的门，简单地介绍了房间的设施，递交了钥匙之后，就回到旁边她自己的房子里去了。

这是一家家庭小旅馆，打开大门后是一个小门厅，再打开房间的门就是小客厅：房门的右边是窗户，浅黄底和粉红色印花的落地窗帘遮住了耀目的阳光，屋内显得格外柔和温暖。房门的对面，是深蓝色的布艺沙发，沙发上有两个带着浅色花朵的靠垫，这使得沙发看起来并不陈旧，同时又与暖色的窗帘相呼应。沙发后面的墙上悬挂了一幅古典主义画派的风景画，沙发前方的长方

形玻璃茶几后面还有两把靠背椅，沙发左手边的
墙角处有一个铁艺的花形书架，靠近沙发的右手
边是一盏落地灯，而它的上方还有一盏壁灯。房
门左边有一个四扇门的衣柜，紧接着一个四扇的
屏风把客厅和卧室分为两个部分。卧室床头的墙
面是深红色的，墙上挂了一幅印象派的人物画，
靠近床里面的墙上有三面四方变形的镜子，起到
了扩展视野的作用。床上铺着白底和黄色蓝色印
花的床罩，同木地板、椅子面和黄白色的墙壁相
呼应，非常和谐。床的对面是卫生间，再往里走
就是厨房了。厨房里整体橱柜和各种设备一应俱
全，还有轻便型的餐桌椅，桌上铺着白色的桌布。
一个托盘上放着一块面包和两个马德兰小蛋糕，
店主人是如此美好和体贴。厨房过道的对面就是
洗浴室了，洗浴室和卫生间的门之间的墙上挂有
一幅古埃及女人的装饰画。

　　整个旅馆的内部面积大约不到 30 平方米，
却有如此完美的设计和布局，简单却又有着极高

的艺术品位，干净亲切和谐又温馨。我甚至会想：不要说旅客了，就是一个单身的人，如果能够长时间住在这样的小旅馆里，肯定也会感到非常舒适和愉快的！

这个小旅馆让我喜欢的另外一个原因，就是打开厨房的门可以进入后面的花园，花园里有一套桌椅可以吃饭喝咖啡，这里还通向店主的厨房。

遗憾的是，花园里没有树木和遍地的花草植物，只有栽种的几盆花。

我们放下行李，到镇中心广场的小快餐店吃了饭，就开始参观了。

第一个当然是矗立在广场上的教堂，这座教堂始建于13世纪。一进去，我们就被它顶部精美的图案深深吸引，这是普鲁斯特描写过的图案！我们仿佛能想象到100多年以前，他在同样的位置看着这些图案时的感受。

出了教堂沿着小街小巷，我们找到了《追忆似水年华》一书中雷欧妮姑妈住的房子，这里已经成了马塞尔·普鲁斯特博物馆。遗憾的是，博物馆下午闭馆，所以我们只能在外面看看，想象着马塞尔·普鲁斯特用了 30 页的笔墨，来描写的他来到姑妈家的第一天的贡布雷之夜。

接着我们来到了镇郊的公园，公园被一条水渠分隔为两个部分。公园正门就是一座架在水渠上的小木桥，过了小木桥沿着水渠往里走，就能见到十分美丽的风景，那由树木、草坪、植物和鲜花构成的空间显得极其静谧。公园建在半坡之上，我们沿着石子路蜿蜒向上，回头就能俯视园中的美景，马塞尔·普鲁斯特当年也曾如我们一般在这里寻觅这一处美好吧。半坡之上有一个后门，出了这个门就是一望无际的农田和村庄了。

我们从另一条小径返回正门，出了正门沿着左边的小路再往里走就能看见一大片花海，左边是大片的白色格桑花，右边是大片粉色的格桑花，路的尽头是一个圆形的水池。望着眼前的景色，我想到了普鲁斯特的名言：一切都成为过去，只有味道和记忆是永恒的。

第二天早上，太阳初升，整个贡布雷镇都沐浴在晨曦之中，而我们也在后院的餐桌上摆放好了丰盛的早餐，清晨的暖阳，配着咖啡的浓香，是多么惬意的生活！这时，店主罗杭斯打开了她家后门，向我们问好，我们邀请她过来一起吃早餐，她很高兴地答应了。她也拿来了面包和奶酪放在餐桌上，坐下来和我们边吃边聊：

"怎么样？我的小旅馆还可以吗？"

"非常舒服、干净和方便，谢谢您！"

"别客气，希望你们在贡布雷度过了美好的一天。"

接着，我们谈到了参观贡布雷的印象，以及没能参观雷欧妮姑妈家房屋内部的遗憾。因为我们还要去参观位于法国西北海岸线的圣米歇尔山和圣马罗，这一次，在贡布雷只能暂住一天。

罗杭斯说她今年64岁了，离婚后一个人打理两个房子。这间作为旅馆的房子以前是出租给别人的，由于租客不喜欢整理后面的花园，所以租客就把树木和植物都砍了，这就是为什么这里成了院子而非花园。现在她打算重新植草、种树和栽花，让这里看上去更美好。因为知道我是中国人，罗杭斯特意提到了自己在中国留学的侄子，她侄子曾经教她做中国的十字绣，还漂洋过海给她带回了做十字绣必用的所有材料。说着说着，她就带我们来到了她的住处，向我们展示了几件成品，有风景、静物和肖像。作品完成度特别高，可见她十分喜爱并且极具耐心。

是的，两个人在一起生活不是一件容易的事，但是一个人生活也有更多的不易。叔本华说：人类幸福的两大敌人是痛苦和无聊！罗杭斯选择了一个人的生活，并且把生活安排得井井有条，足见她是一位独立、乐观的女性。她选择开这间小旅馆，每天都需要打扫卫生，接待不同的旅客，想来这种生活不仅仅增加了她的收入，还让她结识了许多朋友，闲暇之余她还不断找寻更多的生活乐趣，这是一种快乐和幸福的生活方式。

之后，我们不得不告别了罗杭斯，驱车前往下一站：圣米歇尔山。

再见，马塞尔·普鲁斯特！

再见，贡布雷！

花甲之年

一转眼，我已经步入了花甲之年。

回望 60 年的生活之路，苦多于乐、劳累多于轻松、压力和动力并存。这 60 年，我用自己的意志力不断自我鼓励，跌倒了爬起来，舔舐自己的伤口，一路艰难跋涉，坚持到了今天。

一位高僧说过"能够熬过这三苦的人，就算得到修行了：贫穷的苦、孤独的苦、情爱的苦"。的确，人生的本质就是一场修行，只有经历了一个又一个苦难，最终才会得"道"。当人得"道"了，也就开始进入老年了。

我出生在三年自然灾害发生的年代，一出生就体弱多病，母亲一度认为我可能养不活。后来渐渐地长大，十几岁的时候，为了能挣一点儿工分贴补家用，我就毅然退学，加入"知青"的行列，开始了四年的重体力劳动。

可能是由于出力太早，再加上营养不良，从20岁起我全身就时有疼痛感：骨头痛、筋痛、肌肉痛、皮肤痛，我大部分时间都生活在不舒服当中。我不时地去看医生，也做过各种检查，但是查不出任何毛病，医生也无能为力，只能给我开一些止痛片。这些药治标不治本，时间一长，我干脆就不吃了。疼就疼吧，既然已经无法改变，我就接受这个现实，接受已经发生的事情，接受已经无法改变的事情，这就是修行。后来我居然对我的疼痛产生了耐受力，我每天用积极乐观的精神对待生活，有时就感觉不到疼痛了。

45岁那年，我得了糖尿病。刚开始，我拒不接受我得了这种病，我怎么会得这种病呢？我又不胖，也不吃很多的肉，我每天运动，奔波劳碌。啊，我明白了，我长期睡眠不好，工作和生活压

力大，也许这就是得病的原因。反思之后，我接
受这个现实，我开始看医学书，收集有关糖尿病
的资料，学习一切有关糖尿病的知识，我尽力地、
尽可能地推迟使用胰岛素的时间。我每天去乡村、
去森林散步，把每种食物的含糖量牢记心中，坚
持合理搭配每天的饮食。如今，15 年过去了，我
的血糖一直控制在一个较合理的范围，依然属于
较轻的糖尿病。我已经和糖尿病成了"朋友"，
我每天爱护它、呵护它，我们和平相处，它就是
我的一部分。

　　如今，我已经 60 岁了，虽然，我的心依然年轻，
我的面相也不老，但是我不得不承认我的身体正
在走向衰老。我开始老眼昏花，上一层楼就喘半
天，大件的包裹扛不动了，有些事情想干也无能
为力，只好放弃，腰酸背痛更是家常便饭，走起
路来都变慢了。

　　我不得不接受我的变老，但是我的灵魂还没
有变老，反而变得更加丰富多彩。可能当人的一

个器官失灵了，另一个器官就会特别灵敏吧。比如，嘴不能说话了，眼睛就会特别灵；眼睛不能看了，耳朵就会特别灵。如今，我的体力衰退了，但头脑还算灵。

我开始了 60 岁的修行：每天早上起床慢一点；一日四餐定时定量；按时喝水；上楼时要慢慢地上，每一层都要停下来歇一会儿；每天都要适度地活动身体；定期体检；什么事都不着急；心情要放松平静，平平淡淡，不在意而且不逞强。

我的生命很贵，我既然不能再用我的身体去做一些费力的工作，那么，我就要用这宝贵的余生，为我的灵魂做一些力所能及的事。

办证大厅

办证大厅，也称市民中心、服务中心。这是政府为了方便老百姓高效、便捷地办理各种证明、证件的场所。

办证大厅，也有不同的级别：有社区办证大厅、有城区办证大厅、有市级办证大厅、有省级办证大厅。不同的人和不同的事，只要找到相关的办证大厅，就能够很快地办完事情，满意而归。以前，在基层和县级的地方办事很难，现在这种情况改变了，因为办证大厅已在全国各地省、市、县、镇成为现实。

中国政府的这项便民措施，深得民心。彻底解决了办事慢、办事难、办事累的机关作风，真正体现了公务员是人民的"公仆"这一称号,这是真正的为人民服务。人们通过办事容易、方便、快捷,提升了生活的满意度,感到快乐和幸福。

中国政府这项伟大的改革,领先世界几十年。

现在,在欧洲国家办事,仍然像几十年前的中国一样:办事手续烦琐、复杂,部门之间踢皮球。你办什么事情都必须提前预约,有时预约需要提前三个月、半年甚至一年。你必须要等,你还必须要跑很多路,在多个部门盖上多个公章。加急办理,也需要两周或一个月左右的时间;等上几个月办理完是常事。遇上好一些的公务员算你走运,如果遇上个喜欢刁难人的公务员,前来办事的人,就要憋上一肚子的气。似乎,他如果不难为你,就显示不出他的重要!在欧洲住久了,多性急的人都会变成慢性子,因为你要等,只能等!

欧洲老了,欧洲需要改革。

探望

今天我们要去布里尼的养老院看望一位远房的亲戚 —— 穆黑斯老人，他今年90岁了。年轻时是小镇上的钟表匠，几年前老伴患中风去世了，紧接着他的儿子也因心脏病去世了。如今他越来越老了，口齿不清，行动不便，已经不适合一个人居住在家里了。于是，他的孙女卡契亚把他送进了养老院。

布里尼是位于法国北部的小镇，距离第一次世界大战西线的主战场凡尔登仅40千米。从我们的城市到布里尼大约120千米，如果开车走乡间公路大约2个小时就能到达。

早上9点钟，我们出发了。天气很好，蓝天

白云。金黄色的原野上有很多干草圈，这景色提醒我们，秋天到了。牛群、马群、羊群在肥沃的草原上徜徉吃草，空气中迷漫着草的清香。这令我想起了内蒙古的呼伦贝尔大草原，唤醒了我40多年前的记忆。这实在是太像了！只是由于地理纬度的不同，法国北方冬天最低温度零下几度，夏天最高温度零上40度，这里生长的林木以绿色为主。而呼伦贝尔的大兴安岭林区，地处寒带，冬天最低温度可达零下45度，夏天最高温度为28度左右，所以林区生长的各种林木到了秋天真是色彩斑斓，层林尽染。各种层次的红叶、黄叶和绿树叶，绘成了一幅美丽的秋天的油画，就像一部森林交响乐回响在我记忆的深处，永远都不会忘记。看着田野里那一望无际的垄沟，我又想起了当知青时去牙克石农场铲地的情形：每个人一把锄头、一顶草帽，身背一个水壶和饭。从早上开始铲，一直到黄昏才铲到头，一根垄就要翻过两个山头！顶着炎炎烈日，一天的劳累和辛苦，真是像古诗中描写的那样：锄禾日当午，汗滴禾下土。谁知盘中餐，粒粒皆辛苦。就是从那时起我下定决心再不浪费一粒粮食。几十年过去了，那里现在应该是机械化的时代了。

"当……当……当"教堂的钟声把我从回忆中拉回到现实，我们的车正在穿过一个小镇，来到一片旷野。

记得上次见到穆黑斯老人，还是在去年的家族聚会上。他的重孙子过生日，当时的他看上去精神很好。他身材高大，拥有典型的欧洲人的特征，金黄色的头发与蓝灰色的眼睛。那天，他穿着一件白色的鸡心领毛衣，里面是一件浅蓝色的衬衫，搭配了一条棕色的毛呢裤子。他说话的声音很轻柔，给人的感觉是一个干净、有教养、不多言的人。那时的他身体还很硬朗，可是我们听说今年他的状况不太好。

接近中午，我们到达了布里尼，提着礼物来到养老院，到达二楼刚出电梯，我们就看到了一

个老人坐在轮椅上正在艰难地一点一点地向前推
着轮子……从背影看，我们知道他就是穆黑斯。
我们紧走几步来到他身边，俯下身体向他问候。
他看到我们来了，眼中掠过一丝惊喜，他的嘴喃
喃着，可我们听不见声音。我们示意帮他回到房
间，他摇了摇手拒绝了。我们就在距离他轮椅后
方一米远的地方跟着他，只见他双手用力地推着
轮子一点一点地向前移动，我们沉默地跟在他后
面一点一点地挪动着脚步。突然，他需要拐弯，
而内侧的轮子卡在墙角处不能动了，我们想上前
帮助他，他摇摇手再次拒绝。多么坚强的老人！
我们只能尊重他。他挪动轮椅向后一点，再次向
前想拐过去，但没有成功。他做了三次同样的动
作，最后一次他成功了。轮椅继续向前挪动，终
于，我们一起来到了他的房间。这一段距离大约
20 步远，而他却足足挪动了 30 分钟。到了房间后，
他挪动轮椅来到一个靠背椅的对面，看来他是想
坐上椅子。我们又想帮忙，他再次拒绝了。他用

他的双臂颤颤巍巍地撑在轮椅的扶手上，一次、两次，第三次他终于站了起来！我们看到了他的外裤一边有些脱落，还露出了里面的"尿不湿"。这一次我们没有提出帮助他，而是装作没有看见，为这位独立、坚强的老人保持他的自尊。他自己整理了一下裤子然后慢慢转身坐在了椅子上。稍作喘息，他努力地发出一点点声音说话，由于含混不清，我们只能听懂一些：看到我们来了他很高兴，他的孙女带着重孙也来看望过他了，如今他们一家正在葡萄牙度假。老人还说他自己在镇子上的房子已经租出去了，这笔钱可以付养老院的费用。

我们看了一下他的房间，干净、舒适、温暖，就像法国其他地区的养老院一样，无论从建造、规格、设备还是从设施配套上来看，都很人性化。大城市的养老院只是规模大，内部的活动室更完善，但是内部各人的房间跟乡村小镇的养老院是一样的。特别是他房间的墙上还挂了一些家庭照片、重孙子的画，还有重孙子为他画的生日贺卡，这些都让他的房间充满了家庭的温馨。这些情景能唤起老人的回忆，陪伴他度过人生的最后一站。每个人都会老去，每个老人都有他们自己独立坚强的歌。

告别了老人，从养老院出来，我们发动了汽车返程。

我们又奔驰在原野上。太阳高照，一望无际的蓝天，风景如画。这时莫扎特的钢琴协奏曲响起，欢快的旋律、流动的音符，一扫刚才有些凝重的心情。

生活还要继续……

医　院

　　法国的医疗体系：人人必须有医疗保险，看病就医要遵循预约制。

　　法国人生病了，首先要预约本社区的家庭医生（全科医生）。然后按照约定的时间，去社区的诊所看病。如果家庭医生认为病人的病他可以处理，他就会马上开处方治疗，病人可以到药店取药，这一次诊疗就结束了。

　　如果家庭医生不能确定病人得了什么病，或者他怀疑病人得的是某种他无法治疗的疾病，就会开一些检查单，并且写一封信给专科医生（专家），病人需要带上介绍信和检查单，去专家诊所进行预约，到了预约的时间，病人就可以去专家诊所看病。专家就是专家，他不仅触诊，还会亲自使用一些仪器对病人进行检查。心脏专家会给病人做超声心动图、心电图、心脏功能测试，得出诊疗结果后会将其通过电子邮件发送给病人的家庭医生。

如果有些检查必须要去医院做，专家就会开单子，病人再到医院预约检查。医院检查的结果，也会通过电子邮件发回给家庭医生。这样，社区的家庭医生对他所管辖的每一个病人，就有了全面的了解。

法国的医院非常干净且十分安静。因为是预约制，所以没有很多看病的人或者做检查的人在医院里等。人们只需按照预约的时间，提前十几分钟到达医院就可以了。如果是做 X 光、CT、核磁共振，护士会发给每个病人一次性的纸质的帽子、罩衫和脚套，检查完毕，进入一个小诊室，专家会当面告诉病人，他看到了什么或者他没看到什么。然后，把影像报告交给病人，把结论发

時间的片段

给家庭医生，这次就诊检查就全部结束了。

　　如果病人需要做胃镜和肠镜，首先要预约麻醉医生。不仅需要填写一份详细的表格，还要面见麻醉医生，医生会面对面地再一次核实病人的情况，这样就保证了手术的顺利进行。麻醉医生是非常重要的！等到了检查的日子，病人在早上空腹到达医院，护士用床车把病人推进一个小单间，门的右手边是一个衣柜，左手边是卫生间。病人换上纸质的帽子、罩衣和脚套后，只需要安静地躺在床上，等待检查。时间一到，护士就把病人推进检查室，麻醉师和专家已经准备就绪。检查完毕，病人会被推到观察室，等到病人醒来，再被推进换衣服的小单间。等病人穿好了衣服，护士会引导病人来到就餐处，端来一盘吃的东西：面包、果酱、酸奶、咖啡。吃完后，专家会面见病人并告诉其检查的结果，同时把检查结果以电子邮件形式发给病人的家庭医生，病人拿到报告单后就可以回家了。

整个过程给人的感觉就是：温暖、舒服、人性化。

如果病人发生了危急的情况，不需要预约，可以叫救护车或者叫消防车，偏远地区还可以叫直升机，直接到急诊室就医。但是，由于急诊病人较多，急诊医生不够多，有时等待的时间太长，病人的病情会恶化，甚至还发生过老人等了三个小时后死亡的悲剧。这是非常不好的方面。法国的乡村地区，特别是偏远的乡村，同样缺医少药。法国电影《乡村医生》里面就着重讲了这些问题。

如果病人需要住院，只要一住进医院，医院就全包了：医生、护士、护工、供餐。病人家属可以随时来探望，但是禁止陪床、送饭、请私人护工。这是非常好的方面，解决了病人家属的后顾之忧，大家也不至于太奔波劳累，可以安心地工作，正常地生活。

养老院

提起养老院，我们就会想到老人。

刚出生的婴儿和几岁的孩童需要有人照顾；当人老了，越来越不能动了，也会像婴儿一样需要有人照顾。照顾婴孩，需要父母共同承担，当婴孩再长大一点，就可以送到托儿所和幼儿园了；照顾老人，也需要家人共同承担，但是到了一定的时间和程度，就有可能需要送老人去养老院了。

人无法选择自己的出生，也无法逃避走向衰老和死亡。面对当今社会老龄化的问题，我们不得不考虑，如何能让老人们善终。这是需要国家、社会、家庭共同思考的问题。

养老有几种方式：

第一种，老人和家人在一起安度晚年。这样的老人身体没有大病重病，生活行动能自理，每天能去菜场买菜和去公园锻炼，和家人的关系和睦融洽。

第二种，和志同道合的老人抱团养老。他们一起旅游，一起跳舞，一起参加合唱团，一起参加兴趣班，甚至要搬到一栋公寓住。这样，一旦谁有困难，大家就一起帮忙。这些人都是性格开朗的老人，比较合群，喜欢社会活动。

第三种，独居。喜欢孤独安静的老人，通常选择独居，他们有很强的独立自理能力。如果有一天感觉身体不硬朗了，他们会用电话叫商店送货上门，再到最后，他们也有可能选择老死在家中。

第四种，去养老院养老。这样的老人有一点儿生活自理能力，能坐轮椅，但是需要护理人员每天给予一定的帮助。直到有一天，他们在养老院里告别这个世界。

第五种，患有重病的老人，虽然没有卧床，但是需要住进医院的养老病区，这样对老人的检查治疗和照顾，都是非常方便的。这样也可以减轻家人的负担，但是付出的费用也相当高。

在法国，多小的镇子都有幼儿园、小学、诊所、文化站和养老院，这是在开始建立生活区的时候，就规定必须具备的设施，而且养老院的条件相当好。

养老院从外观看就像一个小型的宾馆，里面很干净，一尘不染，有电梯和厨房。在法国的医院和养老院，全部都由院方供应餐食，家属不可以送饭，但是家属或朋友可以探望。老人们可以坐着轮椅活动，每个人的房间约20平方米，有足够大的壁柜，电视、桌子、椅子、床头柜，也都齐全，床上统一铺着漂亮的床单，房间内还有漂亮的窗帘。卫生间也足够大，老人可以坐着轮椅进去洗漱。整个房间看不到杂物，明亮、干净、整洁、温暖。这里的护理人员对老人是 24 小时陪护的。养老院当然是需要付费的，有的人在步入老年的时候，就把自己的房子卖了然后住进养老院；有的老人把房子出租挣些租金再付给养老院；退休金高的老人则无所谓，他们选择在养老院养老。

我的父亲
—— 为父亲的祭日而作

　　我的父亲艾创宁，出生于 1932 年 6 月 5 日，柳州人。1954 年毕业于华南工学院，曾任广西柳州市水利电力设计院副总工程师、柳州地区水利学会水能水工专业委员会委员。高级工程师，民盟盟员，入选《中国专家大辞典》。2019 年 3 月 22 日离世。

　　我父亲的主要工作经历：

　　1954—1979 年，在黑龙江省哈尔滨林业部设计公司及内蒙古牙克石林业设计院工作期间，先后参加了小兴安岭朗乡、双子河、友好等林业局森林铁路勘测设计工作；大兴安岭牙克石林区、

塔河林区、阿木尔林区、陕西省洋县林区等林业
局运输方案比较论证工作和运材道路勘测设计工
作；江西省赣州市至窑下森铁勘测设计工作，并
协助江西农垦厅调查设计局完成井冈山和武功山
地区木材运输方案比较论证工作；参加由黑龙江
林业科研院和牙克石林业设计院共同承担的国际
协作项目《研究汽车列车化在山区的工作条件》
课题研究工作。发表论文《提高汽车运材效率中
的两个问题》，并且多次受到奖励和表彰。

1980—1993 年，在柳州水利电力设计院工作
期间，主要负责水文、水能、水工建筑物的设计
工作及工程经济评价工作，并参与设计方案的审
查，多次受到奖励和表彰。期间主要参与的工程
有：金秀县田村水库工程、柳江县（现柳江区）
龙怀水库工程、柳州新圩码头工程、三江县力金
滩水电站和融江浮石水电站工程等。1990 年参与
《应用计算机技术提高浮石电站工程经济评价工
效和质量》和《浮石水电站汛期运行水位的选择》

两个课题的研究，以上两个课题在 1991 年广西勘察设计系统第五次优秀 QC 小组成果发布会上都获得了三等奖，其研究成果也成功应用于浮石水电站设计工作中。

百度百科上关于父亲的部分工作经历、家中书架上摆着的一叠获奖证书，无一不在向我诉说着父亲 —— 一个建设者辛勤工作的一生。

我的父亲身材不高，话语不多，非常老实善良。业务过硬，忘我工作，勤勤恳恳，从不抱怨。即使已经退休了，为了单位的工作，为了培养年轻人，他常常有求必应。后来他又返聘继续工作，直到 78 岁那年他被确诊患癌，才真正地退休不再上班了。

我的父母都是南方人，在 20 世纪 50 年代中期，他们响应国家号召，到边疆去，到祖国最需要的地方去。于是他俩一起到了北疆，先是在黑龙江省哈尔滨市工作了几年，又去了内蒙古东北部的小镇牙克石定居下来，父亲在牙克石林业设计院工作，母亲王彩华在牙克石林业中心医院做护士。

也是在内蒙古，我们姐弟5个相继出生。在我们小时候的印象里，这里特别寒冷，冬天长夏天短。冬天最冷的时候，气温可以达到零下45度！呼出的哈气可以瞬间结冰，风吹到脸上的感觉就像刀割一样疼。

由于工作的需要，爸爸总是要外出作业，这个时候母亲就不工作了，在家里负责养育5个孩子。穷人的孩子早当家，为了帮助母亲，姐姐过早地成长为一个小大人，帮助父母分担家事。姐姐只有8岁的时候，就去煤场买煤，连大人都要靠挤才能挤到窗口，把钱递进去。可想而知一个8岁的小女孩要做到这一步该有多难！赶马车拉煤的大叔，看她实在太小了，就把她抱上煤车，一起把煤送到家。有时，姐姐还需要在深夜顶着凛冽刺骨的寒风，陪着爸爸到西菜园给学生上课，晚上就住在地窖里。那个时候，每天放学回家，姐姐就带着我到水井房抬水，她总是把水桶往她的方向挪，让我这个做妹妹的能担得轻一些；有时她还把弟弟背在身上，带着我们一起出去玩。这样的经历，至今想起，依然令人动容。

父亲外出工作的地方，大多数是山区、沟里、林业局、原始森林。那里天寒地冻，条件异常艰苦。父亲和他的同事们，背着行囊和勘测仪器，在深山老林里驻扎下来，搭帐篷，生火煮食，点上马蹄灯，摊开图纸，夜以继日地工作着。

我们从小到大，听到最多的就是父亲不同的工作地点：阿木尔、图里河、伊图里河、柴河、塔河、甘河、莫尔道嘎、阿龙山、绰尔等。父亲的足迹几乎踏遍了大小兴安岭林区的土地。

生存条件艰苦是野外工作的常态，更可怕的是在荒山野岭的大森林里迷路。冬天迷路就会冻死、饿死，也可能会被黑熊和野猪吃掉。每一年，都会有人丢了的坏消息传来，可能仅仅就是因为他走在小分队的后面，可能就是因为他蹲下来系了一下鞋带，也有可能只是因为他走到旁边解了个手，等到他站起来的时候，前面的人就已经找不到了。人在孤单的情况下，会越来越慌张，在森林里绕来绕去，朝着相反的方向越走越远。几天后当人们找到他的时候，这个人已经被野兽吃得只剩下骨头了。每当我们听到这样可怕的事，全家人的心都紧紧地揪着，我们在心里默默地为爸爸祈祷，希望爸爸每一次都能平安归来。

另一件可怕的事就是发生森林大火。"打火"这个词，当地人都懂。每一年，父亲都会加入"打火"的行列，这是非常危险的工作。如果隔离带做得不够，或者大风突然转向，打火的人就会被熊熊烈火包围，瞬间葬身火海。一批又一批勇敢的林区人、森林警察、消防战士前赴后继，直到把山火完全扑灭。每当父亲随着打火的队伍凯旋，我们的心中都满是崇拜和自豪，父辈们就是我们心中的大英雄！

谁都有青春，谁都有梦想，谁都想有一个温

暖的安乐窝。但是我们的父亲，常年工作在艰苦的环境里，他从无怨言，对物质生活的要求很低，他一贯简单朴素，一件衣服常常补了又补。但是他对于工作却要求精益求精，为规划和开辟荒山野岭，为祖国的边疆建设，贡献了全部的青春和壮年的岁月。

在"文化大革命"十年浩劫中，父亲被打入"臭老九"的行列，母亲也受到了牵连。他们和其他的知识分子一起，被大会小会批斗，每天请罪汇报。父亲被剥夺了继续搞科研的权利，被派去扫大街、扫厕所、掏烟囱、拉板车等等。后来父亲又被长期派到农场，种蔬菜、种麦子、犁地、喂养牲口、打草等等。在劳动改造期间，本单位的科室有些技术问题需要我父亲来解决，他也会被叫回来解决问题，每当这个时候，父亲都会义不容辞地赶回来完成任务，然后又返回农场继续接受改造。

爸爸在农场劳动的那几年，母亲由于受不了

经常被批斗的精神折磨，她想到了自杀。但是，每当夜晚看到炕上躺着的孩子们，她就心软了。她可以一了百了，以此得到解脱，但是孩子们如果没有了妈妈，以后的日子将会无比难过。最终，理智战胜了冲动，她要带着这几个小生命继续坚强地活着，等着丈夫的归来。她决定带着妹妹弟弟回江苏老家三个月，姐姐和我留在东北家里。当时才12岁的姐姐带着10岁的我，开始了自力更生的艰苦生活：白天，姐姐带着我去扒树皮、捡煤核、捡菜帮子，去地里捡土豆和胡萝卜，回到家里以后把碎煤面做成煤球，把菜帮子洗净剁碎和着玉米面蒸成菜馍馍，就着蒸好的胡萝卜和土豆果腹。可是，一到天黑，我们俩就感到孤独，因为我们太想妈妈了，睡在漆黑的夜里，我们的眼泪浸湿了枕头。

　　将近10年的岁月过去了。直到有一天，传来振奋人心的消息：以"四人帮"的倒台为信号，"十年动乱"结束了。知识分子得到了平反，父辈们都重新回到单位，为迎接科学的春天，为祖国的改革开放，为实现"四个现代化"，开始夜以继日地工作。他们无怨无悔，他们要把被"十年动乱"浪费的时间找回来，为新的征途扬帆起航。

与此同时，恢复高考的消息更是令人振奋，由于我还没有读完高中就去农场知青点了，为了把失去的时间追回来，为了备战高考，父亲决定每天晚上在家里为白天还要工作的我补习功课。知青赵雅和矫禹说："跟艾叔说一下，我们也想补习。"于是，爸爸就为我们三人一起补习高等代数。1977年年底，高考的时间到了，我们一起进入考场并且数学全部考得了高分。发榜那天，我们三个人都榜上有名。我的分数可以上中专，也可以去牙克石林业文工团，我不知道该如何选择，于是我就去问我的小提琴老师张丽达，她说：当然是去文工团，女孩子拉小提琴多好！于是，我选择去了林业文工团。姐姐初中毕业就去知青点了，为了高考，她白天劳动，夜晚在帐篷里复习功课，也跟父亲补习高中数学课。1978年，姐姐以同等学力考取了师范学校，之后又考入党政干部专修班学习，毕业后成为一名政府部门的公务员。我几年后调入广西柳州市歌舞团，随后考入广西艺术学院，进入省歌舞剧院工作。后来，父亲又辅导妹妹和她的同学们，妹妹成了企业家，我的大弟弟是深圳合纵文化集团的高管、珠海音乐家协会会员，我的小弟弟也成为了一名工程师。

我们的父亲用了近30年，为建设祖国的北疆做出了卓越的贡献。

20世纪80年代初，我们全家随着父亲来到广西省柳州市。父亲开始向新的领域挑战，专业由土木工程转为水利水电。父亲日夜攻关，刻苦钻研，用最快的速度适应了新的工作。几十年间，父亲的足迹踏遍了柳州地区的山山水水。为了建设金秀和平电站和金秀田村水库，他在大瑶山工作了三年，融安盘龙水库工程，柳州水泥厂新圩码头工程，来宾莲花水库，忻城县的两个乡的工程，柳江、柳州、三江等地水电站的工程建设，都倾注了父亲的心血和辛劳。当父亲代表课题工作组去南宁向自治区领导汇报广西最大千瓦的融江浮石水电站工程的建成时，在庆功大会上，自治区的领导握着父亲的手说："老艾，你真是为广西做了一件大好事啊！"并且颁发了奖状和证书，电视台也进行了录音录像，收入了资料库。

我们的父亲用了将近30年，为建设祖国的南疆做出了卓越的贡献。

这就是我们的父亲，辛勤工作60年，实现了他人生的意义，为他自己的一生交出了一份满意的答卷。

生活中的父亲，爱好广泛，多才多艺。他在上大学期间，就是男高音、合唱团的指挥，他还会拉小提琴，所以，只要单位搞活动，就一定能看到他的身影，《乌苏里船歌》是父亲的保留曲目。父亲还会画画，我小的时候，他只要看到我不开心地哭泣，就会拿起笔，随便几笔，一个哭着的小人儿就跃然纸上，我就会破涕而笑。父亲还会裁缝的手艺，晚上下班回到家里，他有时会为我们裁剪衣服，我上中学时穿的红格子衣服，就是爸爸买来布亲自裁剪缝制而成的，在那个人人都穿着蓝黑灰色服装的年代，能够穿上这样漂亮的衣服，是一件多么快乐的事。为了省钱，父亲还会自己制作家具，在晚上昏暗的灯光下，他用锤子、斧子、凿子、刨子、锯子，为我们一家人制作了沙发、柜子、书柜、五屉柜等等。更加不可思议的是，爸爸还为我制作了一把小提琴，给我找到了他在大学时收藏的《霍曼》的第一册，这是最著名的小提琴入门教材。

父亲借钱买过一辆"东方红"自行车，在周末只有一天休息的时间里，父亲带着我们去山上开荒种地、收土豆、割草。母亲说：这辆自行车是我们家的大功臣，我们要给它戴上大红花！记得有一次收获了土豆，父亲把两个大半麻袋的土豆绑在自行车的后架上，让我坐在自行车的前杠上，这样就可以保持平衡。他骑上车，在崎岖的山间小路上，一路颠簸地向小镇的方向赶，没想到带着沉重和惯性，在冲向一个有坑的路面时，车被抛起后又连人带车重重地摔在了地上！父亲和我都受了伤，特别是父亲伤得比我重，我们坐在地上半天没爬起来。歇了一会儿，父亲说："孩子，我们必须站起来，我们必须在天黑前赶回家，妈妈在家里等我们回家。"

北方的气候非常寒冷，冬天没有新鲜的蔬菜，家家户户都必须挖菜窖用于储存过冬的蔬菜。父亲挖土，我们就负责运土。他拖土坯盖门斗，我们就负责和泥给他当小工。母亲负责买菜煮饭，她热情直爽，爱好唱歌跳舞。她就像一个家庭的总指挥，经常发号施令，负责家里的日常交际，生活中遇到的一些难办的事都是由她完成的。

我们从小就记得牙克石林业设计院的几位叔

叔，他们是父亲的同事和朋友：陈进森、梁正本、费学清、付于寿、沙业孟。我们几家之间常有来往，特别是陈进森伯伯一家，与我们家关系极为要好。陈进森伯伯是父亲的领导，他胖胖的，爱笑又幽默，平易近人。他们夫妇后来调到北京，陈伯伯在北京林业部工作，后来有两次他去南宁林业厅调研，都专程到柳州来看望我父亲。陈伯伯的夫人，就是牙克石林业中心医院的儿科专家吴兰成大夫，她是吴石将军的女儿，我们小的时候生病，都是找吴大夫看病，她极富耐心且医术高明，林区的孩子们都记得她。

如今，老一辈的林业人都过世了。新一代的林业人正在踏着前辈的脚印，一代又一代，继续建设着祖国的北疆。

我们的父母一生坎坷，但是他们从来没有对生活失去信心。他们总是教育我们：做人要诚实善良，学习和工作要踏踏实实。他们的坚强、善良和乐观，对我们自己的一生都产生了深远的影响。几十年的风风雨雨，我们的家就像一只能载7个人的小船，在大风大浪中飘摇颠簸，我们团结一致，我们分工合作，我们紧紧地保护着这艘船，带着对美好生活的希望，我们一路走到了今天，走进了新时代。

可是，父亲还没有来得及享受美好的生活，就在78岁那年得了癌症。他不得不从工作岗位上退下来，开始了将近10年的抗癌之路。他虽然回到了家中，但是他并没有休息，每天买菜煮饭做家务，照顾孙辈，一刻不停。只要单位有需要，年轻的技术人员有问题需要请教，无论他们打电话咨询还是来到家里，父亲都给予指导和帮助，直到他生命的最后一刻。

父亲走了，带着对生活的眷恋、带着对家人的爱。我们永远失去了他，一位优秀的父亲。

如今，父亲曾经工作过的大江南北，无论是森林、铁路、公路、涵洞、桥梁、建筑，还是水库、水渠、水坝、电站，都成了美丽的风景区和游客旅行的必经之处。我们在欣赏这些美丽的风景的同时，更加缅怀和敬佩父亲。父辈们就是大自然的工匠，为共和国的建设、为人类的文明和进化，筑起了历史的丰碑。

父亲，您永远活在我们的心中，您永远在天上俯瞰着劳作过的土地。在天堂里，没有劳累，不再有疼痛。那里安静，安息吧！

三轮车

这里讲的三轮车，是在城市中拉客的三轮摩托车和三轮电动车，也有的叫残疾车。开这种车拉客的人，是各种各样的人：男人、女人，老人、年轻人和残疾人。在高速发展的城市化进程中，虽然有大量的公交车、出租车和私家车，但是仍然无法替代这种三轮车的存在。原因就是用这种车拉客自由灵活方便，不受时间的限制；同时用这种车拉客也是给一些低收入群体提供一项自食其力的工作。

我有两次与三轮车有关的经历。

20 多年以前，我一个人带着 5 岁的儿子生活。一天，儿子发烧，我带他到一家离我家不远的医院看病。儿科医生是一位男大夫，他说是重感冒，需要住院，于是我儿子就住进了儿科病房。6天6夜过去了，每天输液，我日夜守在床边。我儿子的病不但没好，反而越来越重了，高烧持续不退。我心急如焚，找到这位男大夫，求他快点想办法给孩子退烧，不然再这样烧下去就会危险了！男大夫说：没办法，该用的都用了，再不行只好睡冰枕了。对于他的回答，我太失望了。到了半夜2点，我决定不能再等下去了，我拔掉儿子的输液针头，背起儿子逃离这家医院，来到大街上却没有一辆出租车。我背着儿子走啊走啊。突然，我看到一辆三轮车从身边路过，我拦住了他，求这位师傅拉我们去医科大学附属医院。师傅说太晚了，他本不想再拉客了，但是看到我们娘俩可怜，就再拉一回。当我们到达附属医院时，我再三感谢这位好心人。他说不用谢，赶快进急诊。这里的医生马上采取措施，天亮的时候儿子退烧了。

后来我跟街坊邻居说起此事，她们说她们的孩子也在这位医生处看过病，也是高烧一周要睡冰枕！家长急得直流泪。我们不知道他是如何给孩子治病的，为什么到了另一家医院孩子半天就好了。

我的另一次经历是在十几年前。我因为做手术发生了医疗事故，后来又做了一次补救性的手术，终于捡回了一条命。出院的时候，我忍着半边腰腿的疼痛，一瘸一拐地在路边走着。突然，一辆三轮车停在我的旁边，他问你想去哪，我拉你。我说谢谢你！请拉我回家，在某小区。我差一点就以为我回不了家了。当车到达小区大门，我下车付钱给他时，他说："我不要你的钱，我就是想帮你，我看你走路艰难，我们是一样的人。"这时，我才注意到他只有一条腿！一阵暖流涌上心头：兄弟，谢谢你的帮助，我已经很感激你了。你也不容易，挣一点辛苦钱应该的。

如今几十年过去了，我始终没有忘记这两位好心的师傅。这些开三轮车的人，也许他们没有很高的文化，也许他们还是残疾人，也许他们等待一天也没拉到几个客人。但是他们的善良、同情和理解，是人性中最温暖的光茫。

思绪的片段

梦 想

梦想就是愿望，梦想就是理想。

人的梦想伴随着人的一生。梦想有初级梦想和高级梦想，也有短期梦想和长远梦想。有梦想的生活，就是有动力的生活。人追求自己能够实现的梦想，就能到达幸福快乐的境地。

渴了有水喝，饿了有饭吃，冷了有衣穿，困了有床铺。这是最初级的每天的梦想。大多数人在接受学校教育阶段的梦想，就是每个学期都能考试及格，以及能够继续接受高等教育。

大多数人在青年时期的梦想就是能找到一份工作，能够经济独立。没有工作，没有收入，一切都是空想。之后的梦想就是组建家庭，拥有自己的住房。然后换一个更好的工作，晋级升职。下一个梦想就是平安退休，只要肯奋斗，这是大多数人都能实现的梦想。

衣食无忧之后，可以想一想诗和远方。做自己想做的事；过自己想要的生活。从必然王国到达自由王国。这是高一级的梦想。

一个人的梦想同个体的精神境界相关，一个人的梦想同国家的稳定、发展和进步相关。国家的稳定、进步和发展，为个人实现梦想提供了可靠的保证。一个国家的梦想是能为人民造福，能够促进人类文明的进步。

将来的梦想是人类社会没有污染，人人享有高智能化的生活，医学能够治愈癌症，世界和平没有战争，个人能够进入太空旅行。

幸 福

　　什么是幸福？幸福是指一个人自我价值得到满足而产生的喜悦，并希望一直保持现状的心理情绪。幸福的四个维度：满足、快乐、追求、意义。对于幸福的诠释涉及了哲学、心理学、伦理学、社会学、经济学、文化学等多个学科。

　　幸福是每个人都想获得的情感体验。但是，幸福的情绪来源，可以通过正常的、道德的、合法的手段获得；也可以通过不正常的、不道德的、不合法的手段获得。这就涉及伦理学。

　　亚里士多德说："幸福就是最高的'善'。"

　　什么是善？善，是一种心理情感，"善"跟"恶"相对。善就是善良、慈善；善行、善事；良好、友好；仁爱、淳厚；也有吉祥美好之意。由此得出："善"就是美好。善，也有真善和假善之分。"假"和"真"相对，假善是丑，真善是美，真善就是"真"。

所以，幸福就是真、善、美。幸福就是道德的、高层次的欲望获得了最大限度的满足。初级的欲望得到满足那是快乐，高级的欲望得到满足才是幸福。

不同层次的人对幸福感的理解和要求是不同的。有的人仅从简单的生活中就能获得幸福感；有的人即使拥有很高质量的物质生活，却依然没有幸福感。

每个人都有追求幸福的权利。对生活有欲望就有动力，有动力就有追求，有追求就必须要努力。因此，培养内心积极健康的人生观并且付诸行动，量力而为，知足常乐，是获得幸福的基础。

抱 怨

　　站在太阳下却说寒冷，吃着山珍海味却说味道不好，整天坐着不动还喊太累。有的人只顾不停地怨声载道骂骂咧咧，好像世界都欠了他的债。这就是抱怨。

　　如果一个人站在洞穴中，眼睛哪能看得见光明；如果一个人心中没有阳光，满眼都是丑陋黑暗。

　　对于有的人来说，只能共苦却不能同甘；对于另一些人来说，只能同甘却不能共苦。有的人埋头苦干很少抱怨；有的人丰衣足食却过得很不耐烦。

　　越是什么都不做、什么都不学，就越是感到累和无聊；对于精神贫瘠的人来说，物质再丰富也不能带来快乐，他们只会陷入无尽的抱怨中。

嫉 妒

嫉妒就是对才能、地位、名誉、学识、财富、爱情、美貌、处境比自己好的人心怀怨恨。

嫉妒是一种痛苦的情感，人的欲望得不到满足就会感到痛苦。痛苦的心情变成了怨恨，怨恨产生了嫉妒。一些人怀有很强的嫉妒心理，原因是心胸狭窄，同时拥有极强的好胜心和虚荣心。别人获得了好处，是自己没有办法和能力去获得的，于是就怨恨和嫉妒。

嫉妒也来源于羡慕，开始是羡慕别人拥有的好处，希望自己也能拥有。善良的人会真心祝福别人，愿意一起分享快乐的情感。但是有些人把羡慕扭曲变成了痛苦、怨恨和嫉妒，这就是羡慕、嫉妒、恨的原因。接下来就是希望别人倒霉，看到别人倒霉，这种人的心理就获得了一种快感。

　　嫉妒心强烈的人，会生活在痛苦当中，内心阴暗，攻击美好的事物。羡慕越深，攻击越多；越是没有教养，层次越低，就越是容易嫉妒。

　　人各有命，努力和收获是成正比的。也许你所拥有的，正是别人所缺少的。与其嫉妒别人，不如过好自己的生活，享受自己的快乐。控制住自己的嫉妒心理，从痛苦的境地中解脱出来，学习和赞美比自己优秀的人，光明和快乐将与你同在！

痛 苦

痛苦是所有的情感中最坏的一种情感。如果说快乐是善，那么痛苦就是恶。

痛苦的来源有两方面：一种是自身产生的痛苦。例如心情不好，对人生没有目标，感觉生活没有乐趣，不学无术且活得平庸无聊。有的人不快乐，是因为欲望太多不能实现而产生的烦恼，或者是事事都追求完美，很难有满意之心。有的人不快乐，是患有严重的疾病，甚至到了被疾病折磨得生不如死的境地。

另一种痛苦是由于外在的原因。例如失去了亲人：老人寿终正寝是自然规律，但是年轻人的意外身亡带给家人的痛苦是深重的。有一种痛苦是家庭的不和睦，儿孙不孝，又或者是老人只认钱财，这都不是健康的亲情关系，除了无奈就是痛苦。有的人投资生意和股票失败，失去了巨大的财富，那是种坠入深渊的巨痛，情绪崩溃，甚至没有勇气再活下去了。还有一种痛苦是失恋，对感情投入得越深，一旦失恋，自己的世界就天塌地陷，整日压抑消沉。心痛的感觉没有任何人可以安慰，只能用漫长的时间来治愈。还有一种痛苦是人际关系的失败，如果内心脆弱，依赖朋友，外在又争强好胜并且有极强的控制欲，一旦友情不再，便会要死要活，咒骂撒泼，这是一种畸形的、不可思议的痛苦。

有位心理学家说：当人只认识外界的时候就会痛苦；人只要认识自己就不会痛苦。

每个人都经历过痛苦，每个人的层次和环境不同，对待痛苦的态度也不同。失去理智的人容易做出极端的事情，报复社会。意志薄弱的人容易被痛苦缠住不放，整日沉溺其中不能自拔，甚至最终自杀。意志坚强的人，能够战胜痛苦，把痛苦变成动力，最终摆脱痛苦迎来光明，从此生活翻开了新的篇章。

仇恨与宽恕

人性中有两个极端的东西，那就是宽恕与仇恨。

宽恕，是宽大仁恕，饶恕、原谅。仇恨，是指仇视愤恨和强烈的敌意。

性情温和、良善的人、层次高的人，能够做到宽恕。性格暴戾、心胸狭窄、层次低的人，容易产生仇恨。

宽恕的力量，能使人羞愧和悔悟；仇恨的力量，只能把自己伤害得更深。

如果有一天，我们陷入了仇恨的境地，请记住这句话：爱你的仇人。因为仁慈、怜悯和爱，能把仇恨的情绪化为宽恕，在原谅别人的同时，自己的灵魂也得到了救赎。

　　宽恕别人，特别是那些戕害过自己的人，并非易事。有时候它就像地平线上的一个点，遥不可及。但是，只要我们注视着它，并朝着它不断前行，终有一天会接近它，并拥抱它。

　　事实如斯，当我们学会了宽恕，也便拥有了穿透黑暗、迎接温暖的力量。

天堂和地狱

在宗教信仰中，天堂指神居住的空间。好人死后，其灵魂将会与神在一起，永生不灭，享受着幸福美好的生活。地狱，指恶人死后居住的空间。恶人死后就要受到神的审判，被打入到地狱中受苦受罪。

在本文，天堂和地狱是指心理上的。天堂指心情阳光明媚，鸟语花香，和平安宁，幸福快乐。地狱指心情黑暗阴郁，暴力仇恨，痛苦愤怒。

人心是住在天堂还是住在地狱，完全取决于自己。如果人心里住着美好，住着良善，住着快乐，这样的人就住在天堂里；如果人心里住

着黑暗，住着丑恶，住着仇恨，这样的人就住
在地狱中。

　　世间的一切都由心生。有才能的人未必都善
良，平庸的人也未必就险恶。

逃 逸

今天看到了这个词，立刻就引起了我的共鸣。我们活在这个世界上，每个人都非常不易。适当地学会逃逸，能让紧绷的神经得以松弛，能让负重的心灵得以喘息。

要想逃逸就必须有逃逸的路，把不良的情绪宣泄掉，把心里的垃圾定期清扫干净。

莳花弄草，闲词赋诗，读一本好书，喝一杯咖啡，这是多么高雅的逃逸；带着摄影器材去野外捕捉自然界的瞬间，这是多么新奇的逃逸；在家里弹琴唱歌听音乐，这是多么快乐的逃逸；搭一个伴去旅行看风景，这是多么舒畅的逃逸。一个人去逛街购物，感受时尚和打扮自己，这是多么美丽的逃逸。

　　如果这些你都做不到，那就不要做饭了，去饭店点上几个爱吃的小菜吃一顿，然后再美美地睡上一觉。这是多么省事的逃逸。实在不行，还可以约上几个老友去茶楼，东扯西扯，暂时忘了自己是谁。这是最闲暇的逃逸。

人生意义

　　有一些人说，人生没有意义，越是活到老就越是觉得人生没有意义。这些话，让人感到非常悲观。也有一位社会学家说，人生从宏观，也就是从宇宙的角度来说，是没有意义的；但是人生从微观，也就是从现实社会的角度来说，是有意义的。我同意这个观点。

　　我们来到这个世界纯属偶然。人具有群居的属性，自古人类城邦的建立，到现今人类的社会结构，都是按照一定的规则、组织和管理，一代又一代繁衍生息而成的。人在自己建立的社会里，承担着各种各样的角色，也创造着美好和丑恶。美好的人和美好的事物对人类的进步有益，所以受到全社会的推崇和赞扬；邪恶的人和丑恶的事物对人类发展有害，所以受到全社会的抵制和反对。

人生的意义是由人本身决定的。做一个对社会、对人类有益的人，这样的生命就有意义。

如果你已经来到这个世界，如果不得不过上几十年，你是想过得百无聊赖，还是想度过一个有意义的人生，这是每一个人都需要思考的问题。

人生的意义就是幸福自由地生活。人最好的状态就是自由自在地活着，最大的幸福就是能够自足地过沉思的生活，成为一个有智慧的人。

鬼 节

鬼节，也称中元节，为每年农历七月十五。是流行于汉文化地区的传统文化节日，民间有祭祀亡魂、放河灯、焚纸锭的习俗；与除夕、清明节、重阳节一样，是中国传统的祭祖大节。在这些节日中，鬼魂的形象并不可怕，所有的鬼魂都是各家已故的祖先，在节日这一天可以回家团圆。所以民间这一天要祭祖、上坟、点河灯为亡者照亮回家之路。这是一个美丽的节日。

但是在文学作品和影视作品中，鬼的形象都是非常恐怖可怕的：要么青面獠牙，要么披乱发吐长舌，要么人兽不像，要么只见鬼魅之影。总之，如果不是为了把活人吓得汗毛竖立和魂魄出窍，那都不能称之为鬼了。

可是，有谁真正见过鬼吗？没有。鬼，是人们想象出来的。人们根据自己的想象，创造出了各种不同的鬼的形象，用来吓唬自己，也吓唬别人。

心中有鬼，就会活得不安宁；心中无鬼，天地自宽。

放　下

现实生活中，我们总会遇到不顺心的事。把这些不愉快的事倾诉出来，找到一个宣泄的渠道，心态就能够得到平复，生活和健康就不会受到影响。

但是，把这些事说给别人听，有时会招人烦。这些负面的情绪就是精神垃圾，没有人愿意成为精神垃圾桶。因此，对别人倾诉多了，有时不但得不到同情，反而还会引起别人的反感和嘲笑。

既然事情已经发生了，已经无法挽回了，那就应该勇敢地面对现实。自己的路是自己走的，脚上的泡是自己踩的，多苦多糟的事都要把它咽下去，绝不诉苦和埋怨。

放下，是最好的一条路。

我们对自己说：放下吧，过去的已经过去，生活将翻开新的一页。既然世界都不完美，我们何必要求人人都完美呢？

我们也应该对别人说：放下吧，别让自己的痛苦变得廉价，别拿别人的错误再来惩罚自己。

放下，是能治愈心灵的良药；忏悔，是多多反省自己的错误；宽恕，是用仁慈之心原谅他人；忘记，是为了保持头脑清醒心灵干净。

你放下了吗？我已经放下了。

生 活

千百年来，人类都在同疾病作斗争。医学研究在不断地前进，但是疾病也在不断地更新。等到征服了癌症之后，又不知道会发生什么新的疾病。这就是生活。

一个法治的社会，必将和罪犯作斗争。刑侦科技在进步，但是犯罪的手段也在翻新。案件侦破了之后，又有新的案件发生。这就是生活。

在日常生活中，我们总是解决了一个问题，然后又有新的问题产生。周而复始，没完没了，没有办法躲避，只能鼓起勇气面对。这就是生活。

每天都有很多人结婚，每天都有很多人离婚。正如钱钟书先生所说："婚姻就像围城，城里的人想出去，城外的人想进来。"无论是结婚还是离婚，日子还是要继续过下去。这就是生活。

安全感

"安全感"最早见于弗洛伊德的精神分析理论。弗洛伊德假定，当个体所接受的刺激超过人本身控制的界限时，就会产生一种创伤感和危险感，而伴随这种创伤感和危险感出现的体验就是焦虑。

另一位心理学大师马斯洛指出，心理意义的安全感是一种从恐惧和焦虑中脱离出来的信心，安全和自由的感觉，特别是满足一个人现在和将来各种需要的感觉。

由此可见，拥有安全感是人与生俱来的本能追求。

在身体健康方面：当人身体处在健康的状

态，这就是拥有了安全感；当人患病，患了大病、重病，这就是失去了安全感。

在精神健康方面：当人的精神处于健康的状态，感觉就是积极的、乐观的、自信的、放松的、安宁的，这就是拥有了安全感；当人处在负面的情绪当中，感觉是消极的、悲观的、不自信的、紧张的、焦虑的，这就是失去了安全感。

在人际关系方面：当人拥有了相互忠诚的爱情关系、和谐的亲人关系、友爱的朋友关系、合作的同事关系，这就是拥有了安全感；反之，就会出现情感世界中的猜忌、嫉妒、痛苦、害怕、烦恼、抑郁，这就是失去了安全感。

在社会关系方面：当人所处的社会是一个文明、自由、民主、公平、公正、法治、和谐、富强的社会，人民就拥有了安全感；反之，如果社会动荡、偷盗抢劫、杀人强奸、黑道猖獗，人民就没有了安全感。

在国际关系方面：只有我们的国家富裕强

大，别的国家才不敢侵略我们，不敢贸然发动战争，人民才会安居乐业，当家做主，拥有真正的安全感。

在所有的事物中，生命的安全感是第一位的，随意剥夺别人的生命权是最大的恶。还有什么比失去生命更令人悲痛，还有什么比生命受到威胁更令人恐惧呢？这是最大的没有安全感。

当我们到了另外一个国度，由于环境、人种、语言、生活习惯完全不同，我们的安全感系数就会迅速下降，不安全感的因素就会大大上升。这个时候我们就要特别提高警惕，不要轻易相信任何人。除了努力尽快地适应环境外，还要和来自同一国度的人团结在一起，结伴而行。尽量不与陌生人搭话，不上陌生人的车，外出返回住处时，也要注意有无可疑的人跟踪，晚上有人敲门时尽量不要开门。保持警惕性永远都不会错，因为生命是最宝贵的，我们要全力以赴地捍卫我们的生命。

● 时间的片段

中国是一个安全、稳定、友好的国家，而西方国家远非很多人想象的天堂。所以当我们出门在外，远离家庭、远离亲人、远离自己的祖国时，一定要记住：安全，永远是第一位的。

自 由

　　自由是一个政治哲学概念，在此条件下人类可以自我支配，凭借自由意志而行动，并为自身的行为负责。自由是动植物在法律范围内一切不受约束的行为。

　　在我国古代，先有庄子的《逍遥游》，庄子的思想为"自由"奠定了理论基础。早在《汉书·五行志》中就有"自由"一词，而汉朝郑玄《周礼》中则注有"去止不敢自由"之说。到宋朝时，"自由"已成为流行俗语。"自由"在中国古文里的意思是"由于自己"，就是不由于外力，是自己做主。

　　在古拉丁语中，"自由"（liberta）是从束缚中解放出来。在古希腊，古罗马时期，"自由"

与"解放"同义。英语中的 liberty 就源自拉丁文，出现于 14 世纪。而 freedom 则在 12 世纪之前就已形成，同样包含着不受任何羁束的自然生活和获得解放的意思。在西方，最初意义上的自由，主要是指自主、自立、摆脱强制，意味着人身依附关系的解除和人格的独立。

在心理学上，自由是按照自己的意愿做事。就是人能够按照自己的意愿决定自己的行为。这种决定当然是有条件的，受到自己本身的能力、掌握的信息、外界环境的制约等限制。但是人的意识可以自己按照各种条件的约束，自主地选择如何行事。如果这种选择是发自内心的选择，就是自由的。

在社会学上，自由是在不侵害别人的前提下，按照自己的意愿行动。对于与他人无关的自己的事情，有权决定自己的行为。而与他人发生关联的事情，就必须服从不侵害的原则。否则，这个行为必然受到反击，至少是思想上的厌恶和不满。

没有侵犯他人的行为就是善行，就是可以自由的
行为；而侵害了他人的行为就是恶行，就是不可
以自由的行为。

在法律层面上，表义上来讲自由就是不违法。
然而实际上则更为复杂，因为法律有善法和恶法
之分。善法是符合社会学的要求，限制侵害他人
的行为的。而恶法是限制人们的行为，规定只有
按照其规定的行为才是可以做的。因此，在实行
善法的地方，社会学的自由和法律的自由是基本
一致的。而实行恶法的地方，法律是限制自由的
工具。

萨特说：人生而要受自由之苦。自由是选择
的自由，这种自由实质上是一种不"自由"，因
为人无法逃避选择的宿命。

叔本华说：自由就是各种物质障碍的不存在
（自然的自由）。自由意味着"按照自身的意志（道
德自由）行事"。

亚里士多德说："就思维而言是自愿的，还

是不自愿的（智力的自由）。"

　　人不可能完全自由，道德和法律就会把人限制住。斯宾诺沙就曾说过："思想自由，行动守法。"

　　法国大革命纲领性文件《人权宣言》中，对自由的定义：自由即有权做一切无害于他人的任何事情。

　　第二次世界大战中，美国总统罗斯福提出了著名的"四大自由"：表达自由、信仰自由、免于匮乏的自由、免于恐惧的自由。

量子纠缠

　　有一位结构生物学家说：物质有三个层面，第一是宏观的，是肉眼能看到的东西（房子、树木、桌子等）；第二是微观的，肉眼看不到，但是可以通过仪器感知到（原子、分子、蛋白等）；第三是超微观的，只能用理论推测，用实验验证，但是从来没有人知道它是什么样子的（量子、光子、粒子）。超微观世界决定微观世界，微观世界决定宏观世界。而人就是宏观世界里的个体，实际上就是由一堆粒子构成的。

　　这位科学家还说：奥地利物理学家薛定谔提出了"量子纠缠"这个理论，科学家们已经找到了量子纠缠的现象。人的意识、记忆和思维是量子纠缠的，要用量子理论来解释。这就是说，意识也是一种物质。

　　他的话让我想到了气味，我们看不见、摸不着、听不到，但是我们确实能闻得到。按照量子纠缠的理论，气味就是一种物质。那么精神、情绪、梦境都是一种物质！

　　在生活中我们也有过这样的经历：当你给某个人打电话的时候，那人会说，他正想打给你！这是不是说明你的思维量子和他的思维量子纠缠在一起了？"说某个人，某个人就到！"并非玄虚，大多时候，当你和一个人在大街上正在谈论某个人的时候，那个人可能正好走过来！这是不是说明那个人的思维量子碰撞了你们的思维量子，使你们想到了他而谈论他呢？这个问题，依靠科学的发展和进步，一定能给我们做出解释。

意 识

现代心理学对意识的理解分为广义和狭义两种。

广义的意识是赋予现实的心理现象的总体，是个人直接经验的主观现象，表现为知、情、意三者的统一。"知"指人类对世界的知识性与理性的追求，它与认识的内涵是统一的；"情"指情感，是指人类对客观事物的感受和评价；"意"指意志，是指人类追求某种目的和理想时，表现出来的自我克制、毅力、信心和顽强不屈等精神状态。

狭义的意识则指人对外界和自身的觉察与关注程度。

从唯物论的角度来看：意识是人的头脑对于客观物质世界的反映，也是感觉和思维等各种心理过程的总和。其中的思维是人类特有的反映现实的高级形式。唯物主义者认为物质决定意识，意识是物质的产物。唯物论就是以物质为基础，注重客观。就是你看到什么就是什么。

唯物主义的代表人物：

老子：道是构成万物的基础，道并不是意志有目的地构成世界万物，道是世界万物自身的规律。

荀子：天地合而万物生，阴阳接而变化起。

王充：天地合气，万物自生。

斯宾诺莎：上帝和宇宙就是一回事，上帝通过自然法则来主宰世界。

费尔巴哈：自然离开人的意识而独立存在，时间和空间是物质的存在形式，人能够认识客观世界。

赫拉克利特：人不能两次踏进同一条河流。

万物皆动，万物皆流。

培根：研究真理、认识真理和相信真理，乃是人性中最高的美德。

马克思：哲学家们只是用不同的方式解释世界，而问题在于改变世界。

从唯心论的角度来看：在现实世界之外独立存在着一种客观精神，它是世界的本原，世界万物是由它产生（派生）出来的。唯心主义者认为意识决定物质，物质是意识的产物。唯心论就是以意识为基础，注重意识。就是你想到什么就是什么。

唯心主义的代表人物：

柏拉图：世界是理念的影子。

笛卡尔：我思故我在。

朱熹：理生万物。

贝克莱：存在即被感知，物是观念的集合。

孟子：万物皆备于我。

庄子：万物与我为一。

普罗泰格拉：人是万物的尺度。

康德：理性为自然界立法。

黑格尔：存在即合理。

费希特：世界是自我创造的非我。

马赫：物是感觉的复合。

王守仁：心外无物心外无礼。

王阳明：破山中贼易，心中贼难。

陆九渊：宇宙即是吾心，吾心即是真理。

叔本华：意志是世界的物自体，是世界的本质。

尼采：自由选择的意志高于一切。

我认为，根据奥地利物理学家薛定谔的量子纠缠理论，意识也是物质！有些观点争论了多年，现在根据量子物理学的研究、探索和发现，其实都是一回事。世界是物质的，意识和物质是一体的，这两者同等重要。

科学家们对量子力学的研究揭示了意识不会死亡，在人死后会以量子形式存在。量子力学改变了人认识世界的角度。

美国北卡罗莱纳州维克森林大学医学院大学教授罗伯特·兰萨，在他的著作《生物中心论》中说意识制造了我们的宇宙，而不是宇宙制造意识。他声称从量子物理学的角度，有足够的证据证明人死后并未消失，死亡只是人类意识造成的幻象。

兰萨也相信多重宇宙可以同时存在，在一个宇宙里人的身体死亡后，另一个宇宙会吸收这个人的意识继续活下去。人的灵魂（意识）可以跑到别的宇宙去，意识的性质跟时空一样。

灵 魂

从物理学的角度来说，人，就是一堆原子。当人活着的时候，这一堆原子能创造物质生活和精神生活；当人死亡之后，这一堆原子在火的作用下，就变成了空气、水、灰、土，就变成了另外的原子。这些原子，变成了肥料，滋养着新的生命，从而变成了新的生命，这就是轮回。人，来源于自然界又回归于自然界，又以另外的生命形式出现在自然界。生生不息，周而复始。这就是自然界的法则。

那灵魂是什么？这个世界有灵魂吗？我认为有。人的意识、思想和心理就是灵魂，它在每个人的头脑里。它看不见摸不着，它是依靠语言、文字、行动得以呈现的。人的一切都是由大脑支配的，那就是灵魂支配的。当人脑死亡的时候，灵魂就停止活动了，没有了。即使心脏还在跳动，也会被宣布死亡。可见人的意识之重要，意识停止就是死亡。

我认为：当人活着的时候就有灵魂，人的灵魂和人的躯体是一体的，没有谁先谁后，因为意识和物质都属于物质，只是不同的物质，所以同等重要。当人死亡了，灵魂就变成了空气，变成了别的物质，融入太空。当人活着的时候用文字记录下来的灵魂的活动，是思想。思想是人类文化的结晶和宝藏，是人类精神的宝库。我们要从这些宝库中汲取营养，丰富自己的灵魂。在有限的生命里，再继续为人类的精神宝库添砖加瓦。

和 谐

　　没有人能真正地知道宇宙存在多久了。宇宙是如何形成的，未来的宇宙将发生什么变化，通过科学研究探索宇宙的奥秘，是人类共同的梦想。

　　现在的人类是幸运的，我们借助科学仪器就能看到宇宙中星球的运动。恒星、行星、卫星都有自己固定的轨道，卫星围绕着行星，行星围绕着恒星，自转又公转，形成了太阳系；类似太阳系的一两千亿个恒星系形成了一个银河系。有多少个银河系？宇宙有多么广大？无人知晓。这个庞大的宇宙，没有一分一秒是停止的。它自从生成就无休无止地运行着，它是那样的神秘、那样的和谐、那样的有规则、那样的伟大！这是什么样的力量在主宰？当然，在这巨大的和谐中，也会发生局部的星球之间相撞、星球自身燃爆这样的事情，虽然不知道多少年发生一次，但是这也是事物发展的必然结果。从生到灭，是一切物质的规则。

想起我们每天见到的太阳，有一天也会燃烧殆尽；我们所居住的地球，有一天可能也会热寂，变成宇宙中的星云，曾有的人类文明将彻底消失。然后，新的星球诞生了，即宇宙的周而复始。

相比宇宙，人类是多么的渺小，人类无法掌握自己的命运，如果有一天宇宙发生变故，星球发生变故，在宇宙巨大的规则下，任何生物都不会永生。

万物生长，花开花落，植物和动物是不会知道如何延长生命的，只有人类知道如何延长自己的生命，因为人是有理性的动物。所以，人类运用理性去观察探索宇宙的规律，建立像宇宙一样和谐的社会生活，运用理性和智慧解决疾病、战

— 107 —

争和自然灾害带给人类的不和谐。发明创造和记录人类文明的活动,只有人能够做得到。

人,自从来到这个世界,就在忙忙碌碌中度过,苦多于乐。这是人构建的社会带给人自身的重压,人自身拥有的太多的欲望带来的疲惫感。

生命的本质,应该是满足、平静、舒适、自由、放松和快乐的状态。生命在于活在当下享受生活,尽量地保护和延长生命本身。人的生命只有短短的几十年,要考虑如何与自己的身体和谐共处;如何与自己的生活和谐共处;如何与自己的心和谐共处。在一种身心和谐、平静从容的状态下,去和自己的灵魂对话,于纷扰中寻找安定的力量。

快乐的来源

我们已经知道了宇宙发展的规律，就是从生到灭。个体生物就是一个小宇宙，也会从生到灭。对于人来说，一生就是全部，无论这一生是短暂还是长寿。在这有限的生命里，有三件事是非常重要的。

第一件事，要做自己喜欢做和能做的事：人类社会有成千上万种职业，你可以凭借自己的能力做出选择。只要从事自己喜欢的工作，就会感到幸运和快乐。如果你别无选择，你必须做和只能做某一份工作，那么就让自己接受这个工作，爱上这个工作。因为热爱而感受到有趣和快乐。

第二件事，要和自己喜欢的人一起生活：这

个人可能不完美，但却是一个适合自己的人。因为找到了适合自己的人一起生活，就能同甘共苦，携手共走人生路，粗茶淡饭也香甜。平常的生活中也满溢着幸福和快乐。

第三件事，要培养自己的业余爱好：阅读、摄影、旅行、声乐、舞蹈、器乐、书法、绘画、陶艺、剪纸、手工、插花、徒步、游泳、钓鱼、瑜伽或太极拳等，选择任何一样都好。就算是这些门类你都不喜欢，也可以看电视、打牌、下棋、打麻将。业余爱好可以丰富精神生活，提高艺术修养，保持身心愉快和健康。让日复一日的单调生活，变成美丽的、多姿多彩的生活。业余爱好可以赶走单调和无聊，带来满足和快乐。

做你自己

　　人最初的阶段是无知的自己，这个自己就像站在黑暗之中。接受教育的过程，就是寻找光明的过程。在这个阶段，你已经变得不是你自己了，因为你被灌输了各种知识、各种思想。

　　在第二个阶段，也就是成长的阶段，你被哪些人的书籍影响了，你跟什么样的人在一起，这些对于你将成为一个什么样的人，有着至关重要的作用。

　　在经历了各种生活的磨练之后，你开始成熟了。当你拥有了自己独立的思辨能力，当你能用理性的思维，能用哲学的智慧去看待这个世界的时候，你就成了真正的你自己。

性格的形成

一个国家，有国家的精神性格；一个社团，有社团的精神性格；一个家庭，有家庭的精神性格；一个人，有自己的精神性格。

一个人性格的形成，除了先天的因素，还会受到家庭、社团、城邦、国家精神性格的巨大影响。

从古代的社团到城邦，再从城邦到国家的形成和建立，都是依靠一套自己的公众行为准则和理念，来进行统治和治理的。一个国家的精神性格，影响着社团的精神性格；社团的精神性格，影响着家庭的精神性格；家庭的精神性格，影响着个人的精神性格。

所以，一个人从来都不是自由的。人从一出

生开始，就会被家庭的理念、社团的理念、国家
的理念塑造，直到能够独立地成为一个国家的公
民。

一个人的成长，带有家庭、社团、地区、民
族习俗和国家精神的烙印。

心 灵

世界因人而改变，人的改变是因为心的改变。解决心的问题，就能获得健康和自由，因为身体和心灵的健康，是人感到快乐的根本原因。

物质、名利、地位都不一定能给人带来快乐；但是心灵的健康和富足一定能让人获得安定和快乐。世界是自己的，活在自己的世界中，才能得到真正的心灵自由。

阅读好书，就是给心灵提供营养，心灵的成长决定了一个人外在的成长。

每个人都被自己的心灵主宰着。人生有太多的不确定性，人心又太过复杂，因此在有生命的日子里，痛苦、烦恼、焦虑、不顺的日子占了大多数。

　　人之所以追求快乐，就是因为快乐是一种能让心灵舒适的情绪。从现在开始，不要跟别人斗气，不要跟自己较劲，努力把坏的事情忘掉，把快乐的事情请进心里。拥有一个健康快乐的心灵，为快乐而活着。

蜕 变

世上的万物都是变化的。生物变化最明显的就是从出生到衰老的过程，物体变化最明显的就是从新到旧的过程，但是也有一些物种，它们的变化是由一个物种变成了另一个物种。

有一种毒毛虫，它们非常可怕，它们生长在橡树上，也叫"橡树毛虫"，毒毛虫具有极强的毒性，每条幼虫身上覆盖着7万根毒绒毛。每年五、六月份是它们繁殖蜕变的季节。毒毛虫蜕变的过程，大约经历两个星期。在这两个星期的时间里，它们身上的毒绒毛会随风飘舞，这些毒绒毛会刺透人们穿着的衣服，从而引起严重的皮疹，使人头晕恶心以及发热；这些毒绒毛甚至可进入人的鼻腔到达人的肺部，引起咳嗽和疼痛，导致哮喘发作，引起过敏性休克，严重时甚至会导致死亡！

　　但是两周之后，这些令人生厌的毛毛虫就变成了美丽的橡树蛾子。它们扇动着带有美丽花纹的翅膀，在森林里翩翩起舞。

　　还有哪一种生物能像橡树蛾子这样，是从可恶到美好的戏剧化蜕变而来的呢？

适　度

适度，就是程度适当。

不及，就是达不到；过度，就是过头了；极端，就是太过头了；适度，就是没有不及、不过度，不走极端。

孔子的"中庸之道"，是指不偏不倚、折中调和的处事之道。中庸即不极端、不过分、凡事有度。从这个方面去理解，"中庸"就是"适度"，这是中国人的大智慧。

适度或者过度，表现在心理上、情感上和行为上，其结果是完全不同的。

例如，朋友和朋友之间，要保持适度的距离。如果关系太近了，就没有了个人的隐私，没有了神秘感，没有了吸引力，各人的弱点全部展现，相吸就会变成相斥。保持适度的距离，就不会产生厌倦感，就能维持长久的友谊。亲人和亲人之间，也要保持适度的距离，太近了就容易产生矛盾，容易发生争吵，甚至断绝来往。

适度地关心和爱护别人，是一种美善的情感，但是如果太关心和太爱护了，这种情感就是过度了，被滥用了。过度的结果就是唠叨、打扰，让人心烦。别人的伤痛不需要反复被揭开，别人的隐私也需要被有尊严地善待。

适度，是帮助、是理解、是善良，是一种修养和智慧。

过度，反映在心理上和情感上的表现为：过度的敏感、过度的悲伤、过度的痛苦、过度的憎恨、过度的热情等。这是一种极端的人格，也是一种病态的人格。过度，带给人的是失望、是不愉快、是逃离。

便民食堂

人之所以能活着，是因为人必须吃饭。我们吃每餐饭的时间大约只需要半小时，但是为了能顺利吃饭，我们必须每天买菜，然后择菜、清洗、烹饪，吃完饭以后还需要洗碗、整理厨余垃圾，这些烦琐的杂事，花费了我们大量的时间。

如果有一天，每一个企业和事业单位，每一个居民小区和学校都有一个便民食堂就好了。这不仅可以解决一些人的就业问题，同时又把大多数人从繁重的家务中解放出来，这是一项十分有利的便民工程！这也是社会文明的巨大进步！

当然，要想实施这项便民工程，就必须要有专门的部门来监管，与此同时，还需要有专门的卫生机构检验检查。从采购到清洗，再到烹饪的配料和烹饪的方法，全部采用责任制，这样的便民食堂才能让每一个公民放心。而我们这些普通百姓也能每天都吃上科学、卫生、营养、美味的食物了，想必，这样的生活对于很多人来说就是快乐的生活。

教 育

　　我认为的好的教育，应该是要从小开始，培养孩子成长为一个合格的公民，品德高雅，行为高尚，他们可以通过自己的努力对他人给予帮助，这样的人构成的社会，就是健康的社会，这样的教育就是成功的教育。

　　教育的目的，就是让人不断地成长。在继承先人经验的基础上，继续学习新的知识，成为有能力接受新的事物，保持和社会同步进步的人。

　　教育不仅要培养孩子的科学文化素养，还要塑造孩子的性格，使之成为一个健康、快乐、真实、善良、认真、专注和自律的人。我们还应该多给孩子一些自己活动的时间，培养孩子独立阅读、独立思考、独立解决问题的能力。

教育，不仅要让孩子对自己有清醒的认识，还应该让孩子学会认识和接触社会，这两样要同步进行。人从出生开始，就接触父母和家人了；在幼儿园、小学、初中、高中、大学这些学习阶段，我们要与不同的学生相处；步入社会后，我们要与不同的人打交道，与社会上的其他人和谐共处。

挫折教育，也非常重要。社会是一个非常复杂的环境，因此，挫折教育就成了非常重要的课程。孩子不能娇生惯养，能够吃苦耐劳的人，才能平安地度过一生。在任何情况下，热爱生命和保护生命，是人生最重要的一课。孩子从小开始，学校就在培养孩子发现问题和解决问题的能力，而这种能力需要我们终生学习。

责 任

　　责任就是担当，指个体分内应做的事，负责任就是对自己的一切行为承担后果。

　　一个负责任的人，一定是一个自律的人，是一个有担当的人，是一个值得信赖的人，是一个诚实善良的人，是一个有着良好生活习惯的人，是一个具有优秀品质的人。

　　人，生来就带着责任和使命而来；人，是社会的、群居的动物，必须遵守一定的社会准则。人一生的行为都会与另外的人有关系，所以，培养人的责任感十分重要。

　　责任感的培养应该从小开始，从小事开始：自己的事情自己做，饭前便后要洗手，东西用完

后要放回原处，物品用脏了要洗干净，上完厕所
要记得冲水，要记得关灯，要记得关好水龙头，
不随地吐痰，不乱丢垃圾，过马路要走斑马线，
东西弄坏了要勇于承认，不要给别人添麻烦等。
这些都是日常生活中的小事，但是对于孩子的成
长，这就是最基本的责任感的教育。以小见大，
从现在就能看到将来。小的事情如果做不好，大
的事情也不一定能做好。它关系到一个人日后能
否成长为有担当的、负责任的人。这些小事应该
纳入公民教育中，从小处着手，从小处改善。

　　一个人如果没有从小养成良好的生活习惯，
没有从小进行责任感的相关教育，那么长大以后，
就容易滋生一些坏的风气与坏的习惯。当那些坏
习惯和虚荣心搅在一起的时候，做起事情来就容
易出问题，再加上对自己的行为缺乏责任感，一
旦出问题，就会百般抵赖，推卸责任。这样的人
是非常自私的人，不仅在家里、在公共场所、去
国外旅游，都是一个令人讨厌的人、没有教养的

人、不受欢迎的人。

有责任感的人，不仅能对社会工作、公共道德承担责任，也能对家庭生活承担责任。如果人人如此，那么我们的公民素质就整体提高了。当人出门在外，特别是走出国门时，每个人不仅仅代表自己，更代表着国家。人人负责任、有担当，才能建造出一个文明、和谐、健康的社会。

追 问

我们阅读哲学的书籍，常常会思考人生的意义。

每当我们问人生意义的时候，却往往会得出虚无和悲观的结论。因为人生的大部分时间是苦的、累的、迷茫的、不快乐的。我们为什么要来到这个人间？来的时候，没有人追问过我们是否愿意；走的时候，也没有人问过我们是否可以承受。而为了活着，我们却常常需要为自己找到一个活下去的理由。

那么，什么才是生活的意义？

在宇宙中，我们渺小得就像一粒尘埃；在世界里，我们只是平凡的普通人；只有在我们自己的生活里，我们活着的意义才真正地显露。我们的工作、我们的家庭、我们的身体、我们的情感、我们的人际关系，所有这些交织成了我们现实的生活。

生活的意义，也许就是做好自己的本职工作，也许就是让我们的家庭快乐幸福，也许就是让我们的身体和情感健康，也许就是过上美好的生活。

生活的意义，也许就是能够实现自我价值、能够做自己想做的事，能够抓住每一个快乐的瞬间。过去的已经过去了，明天我们不知道会发生什么，只有今天才是最重要的，所以也许能够过好每一个今天，就是生活的意义。

不快乐的事，多数是由外界引起的。如果自己的心胸足够宽大，能够装得下咒骂、侮辱、嘲讽、冤枉，那还有什么过不去的坎呢？人的心胸不仅要装下美好的生活，更重要的是，要能装得下苦难。不要被困难击倒，得失不强求。什么时候我们的心对不快乐的事情麻木，而对快乐的事情敏感，那我们就修炼到家了。

我们要用理性的悲观、意志的乐观，来对抗看起来无意义的生活。复杂令人疲惫，简单才是轻松，我们要学会知足常乐，追求心灵富足，这些才是快乐和幸福的源泉。

活在当下，追求美好幸福的生活，这就是人生的意义。

过日子

日子就是白昼的交替，日子就是生活的片段。

天体物理学的研究里，本来没有时间这个概念，时间是人类发明创造出来的，为了记事使用。

任何物质的形成到毁灭，都是必然的，没有永恒不变的，这就是规律。亚里士多德说："永恒的事物就是既不生成也不毁灭。"

根据物质有生就有灭，然后再生成新的物质的规律，地球也会有完结的一天，就像任何一个天体的出现和消失一样。人类的历史，特别是人类的文明史，到目前为止也只有几千年的时间。能在几千年中留下印记的只是少数人，就像那些非常伟大的政治家、科学家、哲学家、文学家、音乐家、艺术家。目前来看他们是永恒的，但是随着地球的变更，也许有一天，这些伟大的文明也会随之消逝。

个体生命的动力，源自在自身几十年的生命片段中，努力过上幸福快乐的生活，过上自己想要的生活，做自己想做的事。世界上的工作有千万种，没有高低贵贱之分，只要你愿意去做，认真地去做，都是有意义的。

人的心态好了，一切就都好了。过你自己的日子，过好每一个平平常常的日子。

虚心求教

要尊重有经验者、明智的人和老年人的意见和见解，学习和重视前辈的经验，这能够帮助我们做出正确的选择和决定。

有的人常常固执己见，任何事情非要亲自去验证真伪，亲自去经历。但往往会经历一些挫折，多走一些弯路，付出不必要的代价后，才会发现自己是错的，别人的经验是可取的。

荀子认为，人应该努力做好自己有把握的事，而不应该将精力投入到那些不能把握的虚妄推理中。有的时候，有实际经验的人比只懂理论的人更为重要。在学习前辈经验的基础上，再进一步发展和创新，就能获得进步。

真 相

真相是最难探寻的，你听到的、你所看到的，都不一定是真的。

在刑事案件的调查中，常见的情况就是同一案件的多人证词往往并不统一。一件事情从一个人的嘴里传到另一个人那里，就会产生变化，再继续传下去，你会发现到了最后一个人那里这件事就面目全非。

没有逻辑和事实的传说，永远都不可信。获得一个真相太难了，比一句真话要难得多。历史没有真相。历史学家们也不可能完全还原历史真相，他们只能在前人的基础上继续研究编故事，只要大概的逻辑推理能过得去就成了。

　　我经历过三次"现场造谣"。"现场造谣"
就是大家都在现场，一个人说了一句话，第二个
人把自己错误的猜测和错误的判断加进了要复述
的那个人的话里面，所以面目全非。三次经历是
三个不同的女人：一个是家庭妇女，一个是职业
女性，一个是作家。她们总结起来属于同一
类人：
争强好胜，阳奉阴违，撒泼耍赖，无比自恋。

决 策
—— 看日本电影有感

　　从古至今，提到政治，大多数人都会联想到权力，因为政治代表着权力。

　　而思想家们则用伦理和哲学，对施政者进行劝诫，从而对他们的施政策略产生影响；科学家们用科技手段推动社会进步；文学家和艺术家，跟随着时代的脚步，反映生活。

　　一个人的学说，带有他原生阶层的烙印；一个人的决策，和他的过往经历息息相关。一个贫民窟的婴儿，如果被贵族收养，就无法理解贫穷；一个皇族的孩子，在战乱中被强盗抓走，沦为奴隶，而成年后他逃走，最终找回皇权，那么他下的第一个命令可能就是解放奴隶，废除奴隶制。

人 性

在春秋战国那个百家争鸣的时代，儒家提出了人性本善的说法。

我认为，人性最初就是一张白纸。从降生开始，就感知并接受着周围环境及亲人给予他的一切。孩子总是先从母亲那里学习爱，母亲的仁爱之心对孩子的一生都将产生积极的影响。在爱的环境中成长，就更能懂得爱亲人、爱朋友、爱人类、爱动物、爱自然。

从幼儿园到大学是学习知识的时期，也是对人性的进一步培养。这个阶段也是人性成为善的或是成为恶的重要阶段。

早期的家庭关系是与父母的关系、与兄弟姐妹的关系、与亲戚的关系。成年之后的家庭关系

是与配偶的关系、与配偶原生家庭的关系。这些
复杂的家庭关系伴随着人的一生。

　　当人进入社会以后，同事之间的关系、上下
级之间的关系、业务往来的关系等，都会不断地
对人性进行再塑造。

　　人是最复杂的动物，由复杂的社会将一张白
纸染成了不同的颜色，即不同的人性。因此，本人、
家庭、社会都对人性善恶的塑造起着决定作用。

书里书外

　　作家在写作的时候，书里和书外的情形可能正好相反。

　　金庸先生文质彬彬，但是他的书里都是打打杀杀的江湖故事，笔下都是江湖儿女的恩怨情仇。伟大的音乐家莫扎特，生活穷困潦倒，终身受疾病困扰，但是他的音乐给人的感觉却是那样的优雅，那样的愉悦。对于三毛笔下的故事，这么多年一直有人想要探寻真伪，甚至有人还去实地考察，三毛写的也许是真实的故事，也许是她美好的愿望，但这都不影响她笔下故事的动人。

　　文学家可以编故事，故事可以是来自现实的真人真事，也可以是虚构的。现实生活中发生的事、看到的事、听到的事，就像一个引子，激起了作者的灵感，于是，在作家的想象和发挥中被创作出来，呈现给读者。

所以，作家用写书去实现他们自己的愿望，去实现人类美好的愿望，越是现实生活中无法实现的东西，越是可以去写。作家在现实中做不到的事，可以把自己的愿望当成故事写进书中，宣泄自己的情绪和欲望。只要读者欣赏，从中得到启发，从中获得文字的美感，那作品就是成功的。至于故事是不是真的，并不那么重要。

专注和自律

专注，就是对一件事情关注、注意、认真、专心；自律，就是自己能要求自己、控制自己、遵守纪律、坚持不懈。

专注和自律是成功的前提。

学习任何一种技艺，都能培养出专注和自律的品格。没有专注和认真的精神，任何事情都不会做好。例如，木匠如果不专注、不认真地量尺寸，榫头就拼接不上，家具就无法制作完成；会计如果不专注、不认真，就会记错账、算错账；泥瓦匠如果不专注、不认真，墙就会砌不直，小的房子都盖不了，更不用说盖高楼大厦！在桥梁建设施工中，如果不认真监督管理、偷工减料、敷衍了事，日后就会酿成巨大的灾祸。

培养孩子学习乐器、绘画、舞蹈、体育、陶艺等，任何一种技艺只要持之以恒，就能小有所成。

对于孩子来说，培养认真、专注和自律的性格，是对他的成长非常重要的。如果社会只重视智力培养，忽视性格教育，后果就是有才无能，有才无德，有才不实用。孩子就不能成为一个可靠的、负责任的人。所以我们要从小培养孩子的耐心、恒心、毅力、认真、专注和自律。

专注和自律是可以训练和培养的，专注和自律的人大多拥有钢铁般的意志力。

婚 姻

什么样的婚姻是好的婚姻？

选择伴侣要考虑门当户对，因为我们不可能不和彼此的家庭来往，每个人的成长都带有原生家庭的烙印。彼此相像的家庭更容易沟通、交流和相处。个人条件相匹配，精神上同频的人在家庭生活中更能够分工合作、互相帮助。

有人说，夫妻之间不能改造，只能接受。我不这样认为。

夫妻两人来自不同的成长环境，有着不同的教育背景和生活习惯，在日常琐碎的生活中，必然会有磕磕碰碰，这是非常正常的，这需要时间来磨合。如果是真爱，就会愿意改造和接受被改

婚 姻 ●

造。如果双方有爱，不想分手，不想离开对方，就会愿意接近彼此，对自己的习惯和不足做出一些调整。

货 币

货币，是购买货物、保存财富的媒介，是一种财产的所有者与市场关于交换权的契约，本质上是所有者之间的约定。

货币的功能就是交换和流通。

货币本质的逻辑推理和证明：当市场处于物物交换阶段时，交换能否发生取决于交换双方的供给与需求互补性，这种互补性并不是一直存在的。甲有 A 缺 B，而乙有 B 缺 D，如果只存在甲乙双方，那么交换就无法进行。假如存在丙，丙有 D 缺 A，那么在某个约定下，交换就可以在甲乙丙三者间发生。

货币已经存在了几千年，现在的经济生活中

人们也离不开货币。对于大多数人来说，货币就是钱。

人们每天的生活都离不开钱，人们努力工作，就是为了挣钱。通过自己的劳动，换来等价值的工资收入。每个月有了固定的工资收入，生活就有了保障，人就会活得有奔头，有尊严感。如果失去了工作，也就没有收入了。没有钱了，人就会陷入焦虑，家庭生活也没有安全感，这个时候人就必须尽快再次寻找工作，挣钱养家。

钱，真的很重要。

人们努力学习，就是为了有一技之长，拥有能工作、能挣钱的能力，能够让自己独立于社会，拥有一种有自豪感的、有尊严感的生活。随着工作年龄和经历的增长，人的技术和能力就会随之提高，在为国家建设、为人类服务做出了贡献的同时，社会也给予了人相应的奖励——涨工资，人的社会地位也会相应地提高。

钱，是能力的象征。钱，能给人带来快乐，

也能给人带来烦恼和灾祸。

有一句话是：钱不是万能的，没有钱是万万不能的。还有一句话是：人如果没有饭吃，就都会变成野兽。

人们通过自己的劳动挣钱，去合理合法地挣钱，是非常正常的、光荣的、值得鼓励的事情。如果人是通过不合法的手段捞钱，贪得无厌、贪赃枉法，或者是通过犯罪的手段抢夺他人的钱财，这就是犯罪。罪犯必将受到全社会的谴责，必将受到法律的严惩。

有的人拥有巨额财富之后，会想办法回报社会；还有一些人，收入和社会地位都很高，但是却不满足、不快乐；还有一些人，他们太爱钱了，从不满足，处处算计，绝不吃亏；还有一些人，太吝啬了，一分钱都能捏出汗，只攒钱不花钱，一生就是一个储蓄罐。

还有一些人，就是普通的大众，他们过得非常快乐，每天在公园里吹拉弹唱、跳舞、练书法、打牌、下棋、搓麻将，就算是坐在旁边看热闹的人，满脸也都是幸福的微笑，他们的快乐是发自内心的。他们很富有吗？不一定，他们只是单纯地享受着平安喜乐。

孤 立

世界虽然是自己的，但是与他人也不是毫无关系。

世界是自己的，但是人与人之间又怎么能毫无关系？

以作家为例，作家常常沉浸在自己的世界中，沉浸于自己笔下的世界。但那些写作的素材却来源于社会，来源于周边，来源于他人。作家写出的作品需要读者品读，作家需要与读者进行心灵的交流。

人从来都不是孤立地存在于世界，人从一出生就开始学习与人交流了。当人开始走向社会，就必须要工作、要生活、要办事，无论你喜欢还

是不喜欢，都必须与人打交道。人本来就是群居
动物，不可能不与外界联系。除非一个人住在深
山郊外，选择自我封闭，与世隔绝。

　　但是我们依然可以活在自己的世界里，因为
我们每个人都有追求个性的权利，都有追求心灵
富足的权利，都有保持独立灵魂的权利，过自己
的生活，保持独立的人格，这些与他人毫无关系，
这些都取决于我们自己。

三 观

三观一般是指世界观、价值观、人生观。

世界观，是人对世界总体及对自身在世界中的地位和作用的看法。是人在社会实践中形成的自然观、社会历史观、人生观的总和。其理论表现形式就是哲学。

价值观，是基于人的一定思维感观之上而做出的认知、理解、判断或抉择，也就是人认定事物、辨别是非的一种思维或取向，从而体现出人、事、物的价值或作用。在阶级社会中，不同阶级有不同的价值观念。

人生观，是人对人生目的、态度、价值、理想和个人同社会的关系等问题的根本看法。和世界观是一致的。

在婚姻中，和三观相同或相近的人组成家庭，婚姻生活大多和睦、快乐、幸福；在社交中，和三观相同或相近的人交朋友，容易谈话投机、交往平和、心情愉快；在工作中，和三观相同或相近的人成为同事，容易互相理解、紧密合作、氛围融洽。

如果三观不同的人在一起，则容易产生矛盾，诸如抬杠、争执、拌嘴、吵架，相处多在不愉快、不舒服、不快乐的氛围中进行。能够接纳三观不同的人，需要极强的修养和宽容的心胸。能和三观不同的人相处融洽，这才是高人。

还有一些人，即使三观不同，他们也愿意交朋友。常常争论直到翻脸，也没关系；拌嘴、辩论，成了他们共同的爱好。如果一段时间不见面，还会互相想念。等见了面就又开始吵。这是另外一种相处之道。

逻辑学

逻辑学是哲学的一个分支，是对思维规律的研究。逻辑学是研究推理形式有效性的学科，是关于推理和论证的科学。逻辑学的主要研究对象是推理形式及其规律。

逻辑和逻辑学的发展，经过了具象逻辑—抽象逻辑—具象逻辑与抽象逻辑相统一的对称逻辑的三大阶段。

黑格尔说：逻辑学是使人"从自觉到思维的本性"，也就是从自觉到思维运动的逻辑。人是凭借思维的本性去思维，但人并不能自发地掌握思维运动的逻辑。思维运动的逻辑，是人类认识一切事物的形成全部知识的基础。

逻辑学是研究思维的学科。所有思维都有内容和形式两个方面。思维内容是指思维所反映的对象及其属性；思维形式是指用以反映对象及其属性的不同方式。从逻辑学的角度看，抽象思维的三种基本形式是概念、命题和推理。

逻辑学有广义和狭义之分。

狭义逻辑学指：研究推理的科学，即只研究如何从前提必然推出结论的科学。例如，所有语言都是传递信息的，汉语是一种语言，所以，汉语是传递信息的。思维的逻辑形式（或思维的形式结构）：例如，所有的股票都是有价格的；所有的法律都是具有强制性的；又如，如果两个角是对顶角，那么这两个角就相等。

广义逻辑学研究的范围比较大，是一种传统的认识，与哲学研究有很大关系。"哲学就是逻辑学，哲学的思辨性就是逻辑的体现。假如哲学是个生命体，那逻辑学就是这个生命体的具体化"。宇宙、自然界和人类社会，都是依据逻辑规则而存在的。世界上，有很多数学家、物理学家、化学家、天文学家，他们同时也是优秀的哲学家和逻辑学家。

　　每个人在学校的时期，都应该努力学好数学，特别是初中阶段的平面几何，里面的每一道题都是推理、证明、结论，这是最好的训练逻辑思维的方法。数学是基础学科，古希腊思想家柏拉图的《理想国》中对数学有详细的阐述。我们今天全世界的教育系统，都将数学作为基础学科和必考学科，可见数学的重要性。

创造意义

虽然从宇宙的广义上说，生命没有意义，但是在人类社会中，生命是有意义的。生命的意义是人创造出来的，我们要为自己的生命创造意义。

我们的今生今世，对于个人来说，就是唯一的一次人生。只有认识到这一点，才知道如何度过自己的一生。

人只要在自己活着的这几十年的时间里，努力做一个合格的普通人，这就是生命的意义。

人只要在创造世界的过程中有所成就，只要能对人类的进步产生有益的影响，这就是生命的意义。

● 时间的片段

　　人只要活着，就有追求美好和幸福生活的本能，这个追求的过程就是生命的意义。

　　我们生活的伟大目标，就是好好地活着，快乐幸福地活着，平静自由地活着。

气 质

　　气质是表现在心理活动的强度、速度、灵活性与指向性等方面的一种稳定的心理特征。气质的形成，受很多因素的影响：一个国家的气质决定了团体的气质，团体的气质决定了家庭的气质，家庭的气质决定了个人的气质。

　　人是唯一有理性的动物。不同的国家、不同的人种，拥有不同的意识形态。人是会相互影响的，但同时又拥有自己的个性；国与国之间也是相互影响的，但是各国拥有各自的气质。

　　如果人想要拥有与众不同的气质，那就要去看看大千世界，去读不同的书，去做不同的思考。只有灵魂充实丰富，才能形成自己独特的气质。

发展和变化

科学技术是在不断的探索和改进中得以完善的，技术的标准是不断地变化和提高的。

艺术也是在变化和发展中形成了新的不同的审美标准，没有什么事物是一成不变的。

思想理论也是在不断的讨论和思辨中向前发展的，没有唯一的结论和标准。

史学家也很难证明历史的真相，因为史书的描写和记载，融入了记录人的情感和好恶，历史，就是变化和发展史。

100 个人，读同一本书，就会有 100 个人的观点和看法，这是非常的事。我们应该包容具有不同想法和观点的人。

　　一切都在变，世界在变，环境在变，思维在变，人在变。

　　任何人和任何事，就是生命中的一个片段、时间中的一个片段。每一个片段，最终都会被另一个片段代替，这就是真谛。

生 命

广袤的宇宙中，人类实在渺小，想在浩瀚的宇宙中永恒地留下印记是不可能的。过度地去想在未来的宇宙中能不能留下印记的问题是一种功利的思想。

地球有一天也会消失，变成别的物质。这是物质世界的真理，有生有灭，生生不息。一切事物都不可能流芳百世，都不可能永恒。

小孩子怕死，是简单的对死亡的恐惧；60 岁以后，对死亡的恐惧，才是对不能永久留名的绝望，所以才会使一部分哲人，得出人生没有意义的观点。

2000 多年过去了，古希腊的思想家、中国古

代的思想家的思想仍然是我们今天要学习和研究
的典范。这就说明了一个人能不能在人类社会中
留下印记，或者能够留下多久的印记，取决于他
们的思想的价值和对人类的贡献。

　　每一个人都知道死亡是生命最终的归宿，但
是我们也清晰地看到，这些伟大的思想家、科学
家、政治家、艺术家、音乐家、文学家已经活了
几百年，甚至几千年。直到今天，他们依然活着，
活在我们的心中。

永 存

　　莫扎特是这个世界最伟大的音乐家之一。他是个音乐天才，他还是儿童的时候，就开始创作交响乐和歌剧了。他能熟练地用音乐表达他的情感，他能用音乐描述故事，音乐就是他的写作形式。

　　他在作曲的时候，可能只想尽可能地将作品完成得更好，受到人们的欢迎。他是否想到自己会流芳千古？或是在宇宙中留下印记？我们不得而知。但是我们今天仍然爱他的音乐，这就是他作曲的意义。他只活了33岁，但是他的作品现在依然活着，并且与人类永存。这就是生命的意义。

永 存 ●

　　用生命去创作，去交换比生命更长久的生命，
这就是每一个伟人给人类留下的宝藏。

名 利

　　我们的社会中的大部分人之所以活得累，就是太追求名和利。

　　对孩子而言，使之拥有快乐的童年，就是父母对其最好的养育。可是一句"不能让孩子输在起跑线上"就让孩子从小小的年纪开始，走上了竞争的道路。在这样的氛围中，如果你不争强好胜，你就是个另类，你就要等着被社会淘汰。

　　人追求名利是正常的，但要适可而止，量力而行。如果有能力去追求，就应该去追求；如果没有能力追求，那就不需要活得太用力，可以降低自己对名利的欲望值，不要去追求不切合实际的梦想。知足常乐，做一个快乐健康的普通人就好。

　　西方国家的学校中，从来不公布学生的成绩，考完试后，由老师把成绩单发到每个学生的手中，学生的成绩属于学生个人的隐私。平等、尊重、鼓励和友爱，比攀比成绩要重要得多。

　　社会中的大部分人都是普通人，社会需要大量的普通人去从事普通的职业，少部分的人从事高精尖的工作，推动科技的进步与发展。这是社会结构合理的表现，因为社会是多元化的。大部分人都安心于他们的本职工作，社会才是稳定的。如果人人都追求名利，社会风气就会浮躁，就会产生很多不稳定因素。

　　社会就是名利场，但是过分地追求名利，会让人失去生活的乐趣。

● 时间的片段

极 简

人生的前期是在做加法，人生的后期要学会做减法。减掉欲望，减掉多余的物品，减掉复杂的关系，过极简的生活。

人生，选择了复杂就是选择了痛苦，选择了简单就是选择了快乐。

不要让别人随便介入自己的生活，也不要随便介入别人的生活。

"人生的最高境界，就是一个'淡'字：人淡如菊，心淡如水。往后余生，淡淡生活，慢慢变老，徐徐落幕"。

— 166 —

教育的目的

　　教育的目的，就是培养有学识、有技能的人才就是要使每一个人成为对自己、对社会有用的人。社会需要不同的人才，人与人之间既能分工又能合作，社会才能持续运转。

　　一切顺其自然，如果你不喜欢文科，那就去学理科；如果你不喜欢脑力劳动，那就去寻找一份力气活；如果你不想积极上进，那就活得随便一点；如果你有一天想改变现状，那就去改变它，一切皆有可能。

　　但是，有一点是非常重要的：无论做什么工作，都要认真专注。扫大街要扫得干干净净，冲洗厕所要冲洗得非常干净，缝纫工要熟练，修理工要能找到症结修理得当。总之，就是干一行爱一行，行行出状元。

我们的世界，就是一台巨大的机器，每一个人就是一颗微小的螺丝钉。螺丝钉虽然小，但是缺一不可。每一个人都在发挥自己的作用，离开了普普通通的劳动者，离开了这些微小的螺丝钉，社会这台巨大的机器，就无法运转。

每一个人都是重要的，这就是教育的目的。

精神健康

　　弗洛伊德说：精神健康的人，总是努力地工作及爱人，只要能做到这两点，其他的事就没有什么困难。

　　这样的人能在爱与工作中，获得满足与幸福。

　　精神上不健康的人，即便拥有很好的物质生活，也绝不会感到幸福和快乐。因为这样的人，不能认识自己，不能认识社会，没有满足感，极度自私。

　　精神健康，是可以训练和培养的。训练自己的注意力，对美好的事物专注，对健康快乐的事情敏感。经常反思自己的内心是否有不好的念头，然后去除这些精神垃圾。要经常地暗示自己：放松，再放松，慢一点没关系，没有什么事情是需要着急和焦虑的。心态的平和、宽松，是非常重要的。然后，再提高自身的文化艺术修养，阅读一些哲学类的书籍和文学作品，学习音乐和绘画。

当一个人拥有丰富的精神生活、积极乐观的生活态度，也就拥有了精神健康。

真 实

真实就是与客观事实相符。诚实就是准确传达客观事实。在以善的结果为前提的情况下，诚实地面对真实，准确地传达客观事实，就是善和美德。

但是，在特定的情况和背景下，发现真理和传播真理，有时会付出生命的代价。

古希腊的希帕索斯发现了根号2（即无理数）的秘密，并在无意中向别人谈到了这件事，结果他被人装进口袋扔进了大海；意大利哲学家布鲁诺因为捍卫哥白尼的"日心说"，被罗马教廷烧死在罗马鲜花广场；意大利数学家、物理学家、天文学家伽利略被罗马宗教判处终身监禁。

● 时间的片段

　　面对真实，我们必须做出评估。有时，你不得不考虑：说，还是不说？怎样说？找到正确的说出来的方式和方法，就是智慧。

毕达格拉斯

　　毕达格拉思，是古希腊的数学家、哲学家和天文学家，也是从事政治、宗教活动与科学研究的毕达格拉斯教派的首领。他对天工之巧、造物主匠心之伟大，感触最深，思考最透彻。

　　他追问宇宙的秩序从何而来，结论是在于数的比例关系。造物主严格按照数的比例关系，创造了宇宙中的天体及其运动规律。

　　他认为，哲学跟数学是人类高级智慧的体现。

　　毕达格拉斯学派认为数最崇高、最神秘，他们所讲的数是整数。"万物皆数"就是说宇宙中各种关系都可以用整数或整数之比来表达。整数是人和物质的各种各样的性质之起因。

他还认为：音乐的美也在于数的比例关系，因此，天体运动的和谐会产生一种音乐。

算术、几何学、音乐、天文学、文法、逻辑、修辞学，是中世纪受教育的人必修的七门课。毕达格拉斯在几何学方面，发明了勾股定理，研究出了黄金分割。

我的观点

关于成长：从小要吃苦，爱劳动，拥有专注、自律的品质。

关于爱情：找适合自己的人做生活伴侣，感情的顺序是亲情、友情、爱情。

关于财富：增加精神的营养，就会自然减少对物质的需要。

关于生命：健康的身体，健康的灵魂，适当地运动。

关于名利：合理合法地追求名利，这没什么错，这是人生前进的动力。过度地追求名利，就会失去快乐。

关于友情：朋友不需要多，一两个足矣。朋

友是心灵能交流的人，不是用来使用的人。

　　关于人际关系：对任何人都要保持一定的距离，不可太近，太近了就是灾难。

　　关于人生：衣食无忧，做自己想做的事，做力所能及的事，感恩生命，知足常乐。

只言片语

1. 内心的最高修养是从容和淡定。

控制情绪的最好方法是换位思考。

如果无路可走，那就静观等待。

2. 做任何事情都包含着成功和失败的概率，失败了并不可怕，可怕的是不总结经验。

3. 一个人最大的勇气是走自己的路，做自己的事。成功孕育在探索之中，不要害怕从头再来。

4. 越是名人就越会被别人评论，要想成为名人，就要准备好一个宽大的心胸，那样才能装得下赞扬、反对、不屑、侮辱、诽谤、造谣和中伤。

5. 在婚姻中，仍要保持拥有自己的空间。亲情、朋友、合作的关系比爱情更重要。在婚姻中最重要的东西是共同成长、互相帮助、取长补短。

6. 文学用文字描写生活；音乐用声音描述生活；美术用线条、造型和色彩描绘生活；电影和戏剧用综合艺术表现生活。欣赏艺术是净化灵魂，提高修养和提升个人的气质的手段。

7. 读好书能获得精神营养，阅读能获得高层次的享受，读书是解脱痛苦的良药。选择适合自己读的书，这一点很重要，有很多书是需要读者有一定的生活经历，有一定的阅历和年龄，才能读懂的。

8. 外表越是傲慢和嚣张的人，内心越是自卑和虚弱。自恋型的人格是可怕的，如果人不能认知自我，就容易犯罪。

9. 使用语言暴力的人是没有教养的人。文人，是有文化的人，是人类灵魂的工程师。如果一个作家使用语言暴力，那就只能说明其灵魂卑劣低下，不配被称为作家。

10. 一个人的尾巴翘得高高，自称为"尊严"，但是尾巴下面却露出了丑陋的部位。

11. 有的人骨子里面就是野兽，还没有被文明教化。

12. 失控的情绪是魔鬼，人和动物的区别是人有理性。

13. 一位犯罪心理学家说：遇到八面玲珑的

人，千万别认真接触，这种人内心特别可怕。

14. 一个人如果一辈子只干一件事，没有任何别的爱好，就容易陷入偏执、极端。一旦发生了什么事，哪怕是微不足道的事，在这种人的心理上就会造成一道过不去的坎。

15. 不要跟性格极端的人交朋友，极端的人格是病态的人格。这样的人偏执、霸道和疯狂。需要心理医生。

16. 和琐事纠缠，就是自寻烦恼。

17. 仇恨和辱骂，是无能的歇斯底里的发作；忘记，是最高贵的复仇。

18. 对遭受的辱骂，只需要不屑和沉默。鲁迅说："唯沉默是最高的轻蔑。"

19. 虚伪，就是一面批判又一面巴结，一面贬低又一面颂扬。

遇见不同的人就变成了不同的面孔，这就是变色龙。

20. 没有人是完美的，让我们相互原谅和包容彼此的缺憾。不完美的人交织在一起，才构成了一首社会的交响乐。

21. 只要耐心等待，就会等到结果。任何抱怨都是徒劳无益的，你必须耐心等待。

22. 有些事情并不是你想象的那样。在没有弄清事实之前，千万不要过早地下结论。就是白纸黑字有的时候也不一定是事实。

23. 有些事情不必太执着，难得糊涂更好。人生的最高境界是"难得糊涂"。不需要向任何人解释，不与他人计较。人糊涂了，心就静了；心静了，世界就静了。

24. 世界上没有完美的事，想通了就是完美，接受不完美就是完美。世界上没有完美的人，接纳和包容别人，就是完美地放过了自己。

25. 一个总是让人闹心的女人，无论她长得多美丽，都不能成为伴侣。

26. 一个总是让女人流泪的男人，无论他长得多帅，无论你多爱他，都必须咬紧牙关离开他。

27. 解决问题的能力就是做了错事的时候，能有效补救。

28. 越是慌张和焦虑，就越是容易做错事。当你觉得做什么都不顺的时候，不如停下来。只要再忍耐一下，事情就会出现转机。

29. 科学是探索自然界的真理，哲学是探索思想的真理。

30. 我用哲人的火种，点燃心中的火焰，用火焰的光驱散迷茫的黑暗。

31. 思想的灵魂是智慧，智慧的灵魂是哲学，哲学的灵魂是不断地追问，直到真理的出现。

32. 哲学伴随着科学，没有科学，哲学就是空想。科学是物质领域，哲学是精神领域，物质和精神是一体的。

33. 由生到灭，周而复始。这就是自然界的一切法则。生和死是人类永恒的主题。

34. 有的人，没有任何原因，就是不快乐。总是抱怨的人，只给周围的人带来负能量。情绪是会传染的，要远离这种精神的负能量。

35. 人接受光明就是善，人接受黑暗就是恶，人追求真理就是真，人追求虚假就是假。人有能力和创造美好的事物就是美，一切与美相对立的就是丑。拥有真善美就拥有了幸福。

36. 伸张正义，是人类永远的责任。正义会迟到，但是从来不会缺席。

37. 这个世界最大的问题是人心的问题，人心能让世界变得和平美好，也能让世界陷入灾难。

38. 做自己能做的事，才是自知量力。热爱自己能做的事，比追求不切实际的梦想更好。

39. 思考，是一个不断否定的过程。在思考的过程中，人在成长，时间和空间的改变，会使人思考的结论发生改变，甚至还会自相矛盾。

40. 真正的朋友，无论分别多久，也许几十年，但是只要你想，他们就一直在那儿！

41. 我们曾经那样渴望爱情，把爱情想象得诗情画意和浪漫美好。但是最现实的是，找到一个合适的人成为生活伴侣，比寻找爱情更重要。

42. 追求爱情的人，最终都被爱情抛弃。爱情是一种病。

43. 认真，是一种品质，从孩童时就要努力培养这种品质。

能够认真地去做一件小事，也能够认真地做

成一件大事。那些对小事不屑一顾的人，在别的事情上也同样会一事无成。

44. 人，一定要有所畏惧、有所恐惧，不然就会无法无天。

45. 人，生活在家庭中，需要和家人磨合；在社会中需要和他人磨合，一个人的棱角被磨平了，就是成熟的标志。

46. 人快乐的状态就是与伴侣融洽、与亲人融洽、与朋友融洽、与社会融洽的状态。

47. 在社会中，要懂得一些规则，有些事情不能明说、直说，方式方法很重要。在不得罪人的前提下，能把问题解决了，这才是真正的高明。

48. 当我们遇到灾祸的时候，首先为我们奔走、呼号、心痛和焦虑的人，一定是我们的家人和亲人。

49. 学会委屈、妥协和宽容。拥有这样的心态，就没有过不去的坎。到墓园去走一走，用逝者的眼光看世间，就能顿时开悟。

50. 人要为一切爱你的人活着，好好地活着，健康地活着。活着，就是人生赢家。

51. 亚里士多德说："人生最终的价值在于觉醒和思考的能力，而不只在于生存。"

52. 不易动怒的人，一定是一个有着良好心态的人。但丁说："容易发怒，是品格上最为显著的弱点。"

53. "中国古代思想确有优美的智慧，却完全没有逻辑。"这句话本身就没有逻辑。我用简单的推理来证明：智慧就是哲学，哲学就是逻辑学，所以，中国古代思想有智慧、有逻辑。

54. 埋单，这个词在现实社会中的使用频率很高，它是付钱的意思。它还有另一个意思是担责。有的时候，我们不小心做错了事，就要为自己的言行埋单，甚至为亲人的过错埋单，为朋友的过错埋单。人非圣贤，孰能无过？知羞耻，懂反省，求悔过，这样的人就是一个勇于为自己的言行埋单的人。

55. 音乐能增强人的记忆。你在早年听过的音乐，在许多年之后再次听到的时候，你将立刻想起当年的情景。这就说明，听过的音乐早就储存在人的记忆当中了。而且，时间越久，音乐伴随着情景的记忆就越牢固。

56. 人一旦有了深度的认知，对封闭狭隘的观念和谬论就再也不能忍受。人要说真话，但是也没有必要和义务把全部的真话都说出来。因为说真话需要勇气。

57. 遭遇不幸的时候，可以哭泣，可以倾诉，但是不要抱怨。首先要认识自己、反思自己，理性地看待挫折。把痛苦升华，让灵魂觉醒，从而获得坚强活下去的力量。

58. 不要轻易地对人做出黑或白的评判，因为大部分人都是灰色的。人世间所有的矛盾，都不能用简单的对或错来衡量解决。

59. 年轻的时候读一本书，不能完全理解和明白，因为缺乏经历；中年之后有了丰富的生活经历再读此书，就容易读懂了。所以，要读适合自己年纪的书，这点非常重要。

60. 人生不需要太用力，随遇而安，顺其自然就好。

61. 控制欲人人都有，但有的人特别强烈，这是内心不自信的表现。没有人愿意跟支配欲强的人在一起，任何人都没有权利限制别人的自由。

62. 阿Q精神，真的是一剂良药，专治心理不平衡。什么事情用阿Q精神一想，自己就觉得好受多了。

63. 有的时候，就是因为想得太多、想得太复杂，反而把简单的事变成了复杂的事，把复杂的事变成了危险的事。

64. 人生道路的选择，有的时候是你别无选择。你不知道会遇见什么人，你不知道会遇到什么事。

65. 一个人只能体验一次人生，阅读不同的书，就有了不同的人生体验。学习艺术，是非常快乐的事情。接受美育，让生活富有色彩。这两种修养就能把生活过成自己想要的模样。

66. 真理，就是永恒不变的唯真正理。真理存在吗？过了几千年，我们确定的就是：永远寻找，永远怀疑。

67. 自由，就是没有外在障碍而能够按照自己的意志行动的行为。

68. 旧的一页翻过去了，新的一页细细品味。见过生死的人，什么事情都不重要了。人生的三把钥匙：接受已经发生的，改变难以忍受的，离开改变不了的。

69. 人总是先做蠢事，之后才能变得聪明。

罗素说："人生而无知，但是并不愚蠢，是教育使人愚蠢。"

70. 讲理的第一层次：尊重事实；第二层次：尊重逻辑；最高层次：审问良知。

71. 人越是追求精神上的充实，就越是会降低对物质的欲望。

72. 人生的三个境界：简单、复杂、再回到简单。越简单越好，简洁的生活带来整洁的空间和内心的平和。进入老年后，生活要做减法：减去多余的物品，减去头脑中的欲望，简单、平和地安度晚年。

73. 过日子就是一个熬字，人被熬成了铁，熬成了钢，最终被熬成了水。

74. 以前的世界很大，如今的互联网让世界变成了地球村。

75. 辩证法有三大规律和两大观点：对立统一规律，质量互变规律，否定之否定规律。事物是普遍联系的，事物是变化发展的。

76. 人的思想统治着世界，有什么样的思想就有什么样的人格，就有什么样的行为，就有什么样的生活状态。思想才是第一要素。

77. 生命中的许多经历，都会沉淀在记忆的深处，与一生的时间相伴。有时这些记忆中的一个片段，会瞬间在脑海中再现，把你的思绪拉向远方。

78. 动物也是有思想的，它们只是有简单的、本能的求生思想。

79. 一切都在变，心在变，物在变。变化和发展，发展又变化，最终回到原点。

80. 人想要拥有的东西，可能就在附近。但是人往往历尽艰辛奔向远方，去寻找自己的梦想。没有想到，其实它就在自己所在的地方。

81. 快乐和健康，是人类永远的主题。我们曾经拥有过，但是却不以为然；奔波，烦恼，劳累了一生之后，才开始再次寻找快乐和健康。

82. 人要认识自己、了解自己、反省自己。如果不能认识自己，又如何能够认识社会？

83. 十元钱能给你带来的快乐，和一百元钱给你带来的快乐是一样的。真正的快乐是无价的。

84. 烦恼，是因为无聊。找点事情做就可以治好这种病。

85. 人如果一天没有饭吃，就会坐立不安。如果三天没有饭吃，就没法考虑尊严。诗和远方只属于衣食无忧的人。

86. 美好幸福的生活，是人活下去的动力；名望，是人死去时最好的安魂曲。

87. 人类社会的生活，是群体的社团式的生活。人与自然的关系、人与社会的关系、人与人的关系、人与心灵的关系，就是我们必须要面对和伴随一生的课题。

88. 对于宇宙而言，人就是一粒尘埃。在尘埃的世界里，有的尘埃对其他的尘埃有益，有的尘埃是有害的。就像在细菌的世界里一样，有的细菌是致病菌，有的细菌是有益菌一样。在不同的生物群里，有益的就是好的，就能长久，就值得歌颂。

89. 亚里士多德说："一个智者，他的目标不是追求幸福，而是尽可能地避免不幸。"

90. 爱莫生说："最牛的人是在集体中仍然能够按照自己的思考做出决定。"

91. 一个人做了什么，或者没做什么，取得什么成绩，拥有什么成就，就是自己不说，别人也是会看到的。每一个平凡的生命都有自己的光亮。

92. 天是大宇宙，人是小宇宙。世间的所有物都是时间的一个片段。从微小的尘埃中看到广大，从广大的宇宙中看到微小的尘埃。

93. 人生就是不断地失去，人生就是不断地告别。

94. 康德说："一个人所说的话要真实，但是没有义务把全部的真话都说出来。"

95. 所谓创新能力，就是敢于质疑那些习以为常的东西的能力，就是发现别人没有发现的东西的能力，就是第一个提出一种理论的能力。

96. 人生最重要的是选择，人生最艰难的选择是放下。

97. 弗洛伊德说："人生有两大悲剧：一个是没有得到你心爱的东西，另一个是你得到了你心爱的东西。人生有两大快乐：一个是没有得到你心爱的东西，于是可以寻求和创作；另一个是得到了你心爱的东西，于是可以去品味和体验。"

98. 越是说淡泊名利的人，追求的可能是另一种更深层次的名利。

99. 万事看淡，心静。不执着、不较劲，就能得到解脱。

100. 叔本华说："我们所谓的'积极'经历其实并非增加了任何积极的感受，只不过是削弱了消极的感受而已，它们只是起到了积极的作用罢了。"

101. 只对外人好，不是真的好；对自己的家人好，才是真的好。

102. 保罗·艾克曼提出："在传统的六大基本情绪中，有五种是消极情绪，只有一种积极情绪。"

103. 跟孩子建立平等的关系，才能更好地指导孩子。

104. 音乐能让痛苦得到解脱，音乐是人类的精神食粮。

105. 康德说：“人的认知有三个阶段：感性、知性、理性。”

106. 用一个逝者的眼光去看待这个世界，心就能得到大彻大悟。

107. 天亮了，世界开始活了；天黑了，世界进入死亡。

108. 感恩苍天，我们活着；感恩社会，我们衣食无忧；感恩亲人，我们有爱；感恩朋友，我们得到帮助。

109. 不要苛求别人，我们自己也做不到，我们自己也不完美，理解万岁。

110. 有人的座右铭是做一个"人精"。人精，就是要圆滑，要会来事，要会见人说人话、见鬼说鬼话，要会阳奉阴违，要会见风使舵。如果成不了人精，就不能进入人精的圈子。对不起，我成不了人精，成不了人精喜欢的样子，我对人精退避三舍。

111. 真诚，是一个作家最基本的品格。用真诚的心，真诚地面对生活，才能写出好的作品。如果认为写作是一回事，做人是另一回事，那写出来的作品就会带有多重人格的烙印。

112. 爱，是解脱的良药。爱世界、爱自然、爱生活、爱动物、爱一切人，包括爱你的仇人。

113. 有些坏的结果不会马上显现，有些好的结果需要耐心等待。

114. 法国文学家托马斯·布朗说："你无法延长生命的长度，却可以把握它的宽度；无法预知生命的外延，却可以丰富它的内涵；无法把握生命的量，却可以提升它的质。"

115. 追求真善美，是人类最高的境界，得到了真善美就得到了幸福。

116. 参加旅行团的好处是，不仅去看了新的地方，也能遇见不同的人。大家来自五湖四海，同吃同住同参观，临时组成了一个大家庭，真是妙不可言。但是，这种友谊仅仅存续一两周，散团之后大多就再无联系了。这样其实也很好。

117. 一个人的内心敏感脆弱，就会没有安全感。就像是被满心的刺包裹着，一旦自认为被冒犯了，或者根本就不是什么冒犯，这些心里的刺，也会像触手一样，迅速地伸出来进行反击。

118. 要训练孩子自我保护的能力，对于不正常的人和不正常的事，要保持戒备和警惕之心。因为这个世界真有大灰狼，专门盯着小羔羊。

119. 人生病了，是身体的一些细胞坏了；社会病了，是人的思想变坏了。

120. 女性，永远都是弱者。要远离危险，不要单独去一个没有人的地方，因为你不知道谁是披着人皮的狼。

121. 艺术，给平凡的生活注入不同的色彩。有人说，艺术是哲学的具象，哲学是艺术的灵魂。所以，艺术的归宿就是哲学，艺术的终点同样是哲学。也有人说，艺术之所以成为艺术，是因为艺术绝对独立，为艺术而艺术，才是最好的艺术。

122. 没有意义，就是意义；没有规则，就是规则；没有标准，就是标准；没有完美，就是完美。一切皆变化，一切皆可能，一切皆正常。

123. 慢一点，没关系；迟一步，就等下一班车；弄坏了，修理好；实在修不好，那就丢掉吧。

124. 自私，是万恶之源。当人人无私的时候，世界就大同了。

125. 无私，是解决人类问题的终极答案。无为即无私，人只要像水一样无争，就是符合"道"的生活，就是"无为而无不为"的大境界。

126. 一点小亏都不肯吃的人，不知道哪天就吃了大亏；太精明算计的人，不知道哪天就算错了账。

127. 讨厌一个人用不着翻脸，只需要敬而远之。

128. 疾病，是你的朋友。这个朋友用不舒服来提醒你：注意生活方式，善待你的生命。

129. 想要保守秘密的最好方式，就是不要跟任何一个人说。

130. 有的时候事情办砸了，那就尽力补救；如果于事无补，那只能认了。有的时候朋友关系变坏了，那就尽量解释，如果不起作用，那就悉听尊便；有的时候钱丢了，丢就丢了，就当破财消灾。如果无法逃避，就只能和解；无法逃避生活，那就拥抱生活。当人和世界和解了，就是和自己和解了，就是放过了自己。

131. 经历过亲人的生死离别，经历过自身的大病初愈，看过医院里的病人和家属的百态煎熬，就会发现什么都不重要，好好地活着才是王道。人生的意义，就是健康快乐地活着。甚至就是一点：活着。

132. 首先是活着，再想着怎样活着，再想着生命的质量，再想着生命的意义。

133. 大家都很忙，没有谁会去刻意关注谁。当自己的主角，不需要入戏太深。

134. 世界每天都在变，人每天都在变。要接受自己的改变，更要接受别人的改变。

135. 医生说，浅表性胃炎很痛，但是即使你不吃药，十天也能自愈；人心的痛苦，同样需要时间自愈。人活在时间里，时间给了你坏的东西，同时也给了你好的东西。

136. 无论发生什么，不要停下来，一直往前走，这就是生活。勇气、坚强、耐力是真正的朋友。

137. 这个世界，没有一件事情是容易的。不想付出劳动，就不会收获果实。

138. 放下得越多，就会变得越富有。良好的心态，是最大的财富。

139. 安静，就是没有声音，安稳平静。安静的反义词，就是喧吵、烦躁、热闹、忙乱。安静的生活，就是幸福的生活

140. 你认为已经丢失了的东西，甚至已经尽

力寻找始终没有找到的东西，最后发现它没有丢失，它一直就在那里。我们常常固执己见，那是因为我们没有足够的耐心，等待真相的出现。

141. 潜入生活，尽享酸甜苦辣；跳出生活，一切云淡风轻。

142. 意识和物质，它们是一体的。争论谁先谁后，就是一种偏执。

143. 对善行的滥用，就是对恶行的纵容；对恶行的容忍，就是对善行的漠视。

144. 能够帮助别人，是一件非常快乐的事。但是，前提是不求回报，求回报的人，一定心情不好。能够帮助别人，是有能力的人，是能把别人的快乐也当成自己快乐的人。

145. 生命中遇到的好人和不好的人，遇到的幸运的事和不幸的事，以及所有的好心情和坏心情，都是上苍给每个人的礼物。

146. 感恩，我每天行走自如；感恩，我吃喝拉撒正常；感恩，我每天能做家务；感恩，我有能养家糊口的收入。感恩，我有家人和孩子；感恩，我有一个能遮风避雨的家。感恩，我生活在一个没有战乱的国家。

147. 每天，用喜悦的心情，迎接早晨的太阳；用良好的食欲，迎接每一餐饭菜；用平静的状态，拥抱夜晚的安宁。

148. 我歌唱生命的美好，我拥抱生活给我的伤痛，我欣赏艺术之美感，我融入大自然的怀抱。我尽情地享受阳光给我的抚慰，我细细地咀嚼和享用每一个今天。

149. 人们每天奔波劳碌和辛苦地劳作，是为了得到更好一些的生活，是为了孩子们能受到更好的教育。人们所做的一切，都是值得的，都是有意义的。

150. 每一个人都会变老的，人老了就属于弱势群体，老人要学会保护自己，天上不会掉馅饼。每一位老人，都是个体人生的博物馆。他们的学识、经验、经历和故事，是社会的财富。善待老人，是一个社会文明的标准。

151. 想清楚了，人知道只有这一次的生命；想明白了，人知道怎样度过自己的生命；开悟了，人知道生命将去向何方。

152. 吃亏是福。吃小亏是小福，吃大亏是大福。

153. 有时，在麻将桌上不按正常秩序出牌的人，反而会赢。这是另一种智慧。

154. 迁徙，是动物的本能。各个物种的动物，总是不停地迁徙，为了寻找到一个适合生存的地方。当环境和气候改变了，它们就会再次迁徙。人类也是动物，人类也在不停地迁徙。

155. 艺术，是解除人类存在的痛苦的最佳途径。

156. 如果这个世界没有音乐，那该多么单调、乏味和无聊。音乐，是宇宙和谐的音响；是人与生俱来的听觉享受。如果这个世界没有色彩，人的生活就没有趣味、没有快乐。

157. 斤斤计较的人，活得很累，打肿脸充胖子的人活得更累。

158. 只要喜欢，只要高兴，就可以学习一门艺术，至少要学会欣赏艺术。

159. 自己喜欢的事业，未必适合自己去做。如果硬是去做，就会顶着巨大的压力，而且力不从心。可惜，很少有人在早期就认识到这一点。

160. 解脱的最好方式，不怨恨、不纠结，一笑而过，与以往的恩怨握手言和。

161. 有的时候，暂时的退步，是下一次前进的前奏。

162. 太极图的智慧：黑和白互相转化，黑中有白，白中有黑。

163. 一朵小花长在路边，别人都没有看到，只有你看到了它，它就属于你了。一种植物长在深山，别人都没有发现，只有你发现了它，它就属于你了。

164. 想笑就放声地大笑，想哭就痛快地哭上一场，想说就尽情地说，想写就闷头去写。自由自在，想干吗就干吗，谁也管不着。

165. 你没有问过，你没有试过，怎么知道行还是不行？守在固有的思维里，就会舍近求远，浪费时间和精力。

166. 思想可以改变行为，改变社会，改变世界。

167. 任何哲学问题都可以推荐，可以讨论，可以质疑，不需要灌输。哲学的思辨性即在于此。

168. 人，每天只吃一种食物，时间长了就会反胃；人，每天只想一件事，时间久了就会偏执。

169. 芸芸众生，仅仅为了活着，就要拼尽全力。每个人都不容易，每个人都很重要。

170. 法国童话《小王子》里说："仪式感就是使某一天与其他日子不同，使某一时刻与其他时刻不同。"我们总是太忙，我们总是不讲究，我们总是不在乎仪式，我们对节日也没有了热情。这还是生活吗？

171. 应酬，是最乏味和无聊的事。脸上要堆起笑容，嘴里要说着不疼不痒的话，累得直想打哈欠，还要强打起精神。纯属浪费表情、浪费精力、浪费生命。

172. 该走的终究会走，该来的一定会来。聚散离合平常事，不必多愁善感。明天，太阳会照样升起。

173. 一群人开始长途跋涉，有的人没走多远就改变了初衷；有的人走到一半就放弃了；有的人快走到终点时却倒下去了；有的人则不改初衷，一路向前。